全新譯校 經典新版世界名著 28

The great Gatsby

大亨小傳

〔美〕費茲傑羅 著
石建華 譯

如果能讓她為你傾倒，你何妨戴上你的金帽；
如果你生有一雙善跳的長腿，那就為她跳上一跳；
跳到她喊叫：「愛人，我的戴金帽、善跳躍的愛人，我要將你擁抱！」

——湯馬斯．帕克．丹維里奧

【選書推薦】

豐富現代人心靈的饗宴

——「風雲時代」推出的文學經典名著

南方朔

多年來，我一直鼓吹要讀經典，尤其是文學經典。

因爲，經典之所以爲經典，乃是它濃縮著傑出作者的心靈、智慧與識見，可以讓人在閱讀裡深度反芻，並呼喚出每個人內心裡更優質的成份。經典是我們心靈的饗宴與邂逅，它永遠會讓人豐收。

文學經典的閱讀樂趣

正因爲經典重要，因而它一路相望，早已成爲每個國族、甚或全世界的文化傳承。在西方，愈是頂級的大學學府，就愈重視經典閱讀的課程安排，目的即是要讓未來的菁英階層，不只具有專業的知識技能，更要有「全人」（Universal Man）的格局和品質。由美國常春藤盟校所開列出來的經典書單，實在値得我們借鏡，做爲我們改革通識教育的參考。

因此，對經典的親炙與閱覽，不只是狹義的閱讀行爲而已，更應該是人格養成的一種教育和社會行爲。有遠見的出版人、編輯人不妨透過經典的濃縮重編，讓人們在生命成長的任何一個階段，都可略窺其堂奧，而後循序漸進，由親切怡人的經典，而走向博大深邃的著作，享盡閱讀的樂趣，並在閱讀中見證心靈的成長。

使人「重新發展愛情」

況且，閱讀文學經典、世界名著，還能滋潤現代人的心靈，使人對愛情與人性重新有一番體悟。

用「重新發展愛情」來說現在人們的心靈處境，眞是再也貼切不過了。近代的人際關係早已發生鉅變，其中最大的變化即是性別間不再有任何的神秘，於是愛情與性的非崇高化遂成了一種新的難局。當愛情不再神秘，一切的愛情也就勢不可免的成爲精打細算的操縱遊戲。人們不再相信人際關係的持久性，而彷彿像刺蝟般，無論太近或太遠都覺得不對勁。刺蝟般的愛情使得它遠離親密而更像是戰爭。古代那漫長但又充滿滋味的愛情過程早已消失。當愛情與性更加唾手可得，它的折舊與翻臉也就更加快速。愛情愈來愈像是商品的週期，也更加像吃興奮劑一樣在亢奮和低潮間震盪。

這就是愛情難局之所在，它使許多人將愛情與性分開，也讓許多人愈來愈逃避感情。當身體的接觸已不再是愛情的憑證，愛情的立腳點遂更加脆弱可疑。現在的世界上已難想像偉大的戀情，反倒常見各種愛情上的怨偶與悍夫悍婦不斷出現。愛情有時候竟然會變成「致命的吸引力」！

打開生命的窗子

因此，今日的愛情已漸漸失掉了它的位置。當古老愛情的神話瓦解，愛情世界上的善男信女就注定要在愛情戰爭裡擔驚受怕。愛情的起源是自戀，而後在自戀中打開生命的窗子；而今日的愛情則是人在自戀裡將自己關閉，並讓愛情遊戲更像是座叢林。情慾奔騰而愛情寂寥，失掉位置的愛情必須被「重新發明」，必須藉著不斷的驚喜和共感來維繫它易滅的燭焰。在這個愛情被急切渴望的時代，但願愛情真的能帶給人平安，而非怨懟與騷亂。

而「重新發明」愛情的最佳途徑，在我看來，就是隨時抽時間，閱讀自己喜歡、且已獲公認的文學經典！

選書以親切怡人爲主

在台灣，經典名著的閱讀有著固定的需求，一代代的少年和青年，都以熱切的願望進入這個領域，因此，許多西方的文學經典名著，早已有了許多不同的版本。而今，好朋友「風雲時代出版公司」也開始走進這個領域，開始出版西方文學名著。由第一批廿本名著的書目，可以看出它由於剛開始，因而選書以親切怡人、適於年青人閱讀者爲主。這批書目涵托了《雙城記》、《月亮寶石》、《格列佛遊記》、《魯賓遜漂流記》、《騎鵝歷險記》、《綠野仙蹤》、《簡愛》、《咆哮山莊》、《小王子、灰姑娘》、《小婦人》、《達．文西寓言》、《愛麗絲夢遊仙境》、《金銀島》、《狐》、《最後一課》、《少年維特的煩惱》、《吹牛大王歷險記》、《最後的莫希干人》、《間諜》、《快樂王子》。書目裡，雖然有些早已膾炙人口，但也有多本，如《月亮寶石》、《騎鵝歷險記》、《吹牛大王歷險記》、《最後的莫希干人》、《間諜》、《快樂王子》等，似乎仍是首譯，可以彌補台灣在文學名著翻譯上始終有所缺漏的遺憾。

我一向認爲出版業能關心名著經典，是一種功德。出版名著經典，乃是標準的「薄利事業」，經營維艱，但它卻是在文化這個領域撒佈可供後來者繼續成長的土壤。而除了經營艱難外，出版名著經典，也是極大的考驗。名著經典浩若瀚海，深淺繁易之間也等級極多，因而出版者需長期耕耘，鍥而不捨，始能規模逐漸完整。「風雲時代」的這套廿本，只是個開始，衷心期望更多個廿本，能相繼出現。

我讀過，我又讀了

近代義大利名作家卡爾維諾（Italo Calvino）曾經說過：經典名著乃是那種人們不會說「我讀過」，而是說「我又讀了」的著作。名著之所以爲經典，乃是它的高稠密度和內含的巨大信息量。因而，每次去讀它，都會讀出新的東西、新的精神。經典名著乃是一口鐘，當人們輕輕的敲，它就回報以小小的聲音；當人們用力的敲，它就用大聲來回應。經典名著從不吝惜給與，而是要看人們如何對它提出索求。

因此，讓我們泡杯好茶，弄一個舒適自在的位子，坐下，拿起書，走進那個歷代傑出作家所建造出來的經典世界吧！

【專文導讀】

璀璨與悲涼：美國文明的風華

令人矚目的藍登書屋《當代文學世界》編輯小組，在一九九八年七月做出了一件非常出人意料的事情，在他們自己所排定出的名單上，竟然將一部曾經在社會上一出版就引起了軒然大波的小說，費茲傑羅的《大亨小傳》，推上了「本世紀百部英文小說大作」的亞軍寶座，僅次於愛爾蘭人詹姆斯・喬伊斯的大部頭作品《尤里西斯》。這真令所有人震驚！

我們所有人都知道，紐約永遠是世界上最讓人嚮往、充滿了神秘氣息和千變萬化的景象的城市。尤其是長島那樣一個地方。在紐約，在所有人的注目禮之下，一切事情都是可能的，一切事情都具有出人意料的靈活性，無論是美好、醜惡、卑下、高尚，或是其他的一切諷刺、幽默，在美國巨大的商業氣息中，最後總會變成新一輪的美好、醜惡、卑下、高尚，或者諷刺和幽默——費茲傑羅先生的小說反映的就是這種令人悲喜交加的社會內容。

他的筆觸自有其獨特的地方，簡練而不枯燥，有一種令人驚歎的奇妙思緒和引人沈思的悲哀在其中，正如他的這部被排名第二的作品一樣。

嚴格地說，小說在篇幅上還稱不上是一部真正的長篇小說，但至少是一個長篇的故事。

講述主角尼克像所有中西部的好冒險不安分的青年一樣，總是希望能有一天在機緣巧合的情況下一舉成名。他選擇了紐約，卻發現這裏並不像他所想像的那樣，真是個到處都是黃金俯首即可獲得的天堂，而是個充滿了繁榮與速度，也同時充滿了許多危險的令人捉摸不透的地方。

費茲傑羅採用了同詹姆斯的《螺絲在擰緊》同樣的表現手法，把一切悲劇注定的因素都表現得隱隱約約或時隱時現，比如蓋茨比的財富、事業，以及複雜的、特殊的社會關係等等，就像詹姆斯只把兩個小孩子將會受到危險與傷害的事情概略地帶過一樣。只有一點我們可以看得清，那就是他雖然有錢有才，卻沒有朋友，沒有真正關心他的人；他雖然一如既往地深愛著早期的戀人，並爲之甘於付出一切——這正是蓋茨比的特徵，讓人心酸心痛的特徵——但他最後受到的真正傷害、最大傷害，卻是這個早期戀人送給他的。

尼克早在紐黑文時代就認識了湯姆•布坎農。他娶了自己的遠房表妹黛西做妻子，但在戰後的騷亂年代裏，幾乎每一個人都受到了當時惡劣氣氛的影響，所以都可能有不同尋常的舉動或出乎意料的遭遇，比如湯姆有了更傾心的新戀人，黛西成了閨中含怨的少婦。恰在這時，尼克到了東岸，並很快受邀去到東區做客。黛西透過尼克和喬丹•貝克，再度遇見了自己以前的情人——差不多就要做了她的丈夫的舊日戀人：蓋茨比。而這個時候，正是蓋茨比憑著他自己的財富和神秘奇妙的派對而聲名大噪的時候。

悲劇的結果並不是費茲傑羅想要表現的重點，而恰恰是它其中最不引人注目卻又無時無地不存在的另一種東西，那就是對精神腐敗的悲哀。

聰明而富有同情心的作者，不是用嚴厲的、一副衛道人士的口吻要批判其中的某一個人，而是透過他們種種的表演，要向我們廣大讀者揭露在那個時代中人心的卑下、叵測、不可信任、讓人既痛恨又悲哀的一切實質情況。這是一本相當了不起的作品，是費茲傑羅至今寫出的最好最有意義的作品。他的表現很出色，越來越趨於成熟和自然。費茲傑羅就是用小說的方式解讀自己的人生，解讀孕育了自己人生的那個時代：爵士樂時代。可以說，在那個特殊的二十年代，費茲傑羅就已經意識到了，其實金錢才是美國文化中最重要的一個符號——正是這個符號，導致了他作品的成功，同時也正是這個符號，導致了他一生的失敗，導致了他「美國夢」的破滅。

海明威在一篇回憶作者的文章當中曾說，「既然他能寫出一部像《大亨小傳》這樣卓越的書，我堅信他準能寫出一部更優秀的書來。」費茲傑羅也對自己的作品非常滿意。一位曾在紐約舞臺和好萊塢活躍過的女明星這樣回憶這位著名的作家：

那天，我一個人正在埋頭看萊蒙特的小說《農民》，有個人在我的身旁彎下腰對我說，「你幹嘛要看那本波蘭式的《亂世佳人》？」我回答說：「因為是我的朋友納特・福伯推薦的，我也非常喜歡看。」他聽了嗤的一笑，又搖搖頭，彷彿我無可救藥了。我問他，「那你推薦什麼呢？」他說：「噢，最優秀的作家費茲傑羅寫的任何東西。」

現在，朋友們，我也要將那位不知名的朋友推薦的書籍之一推薦給你們。

亨利・摩根斯坦（俄亥俄州立大學文學院）

目錄 CONTENTS

第一章　大亨蓋茨比

我永遠忘不了父親在我年紀尚小、不諳世事時說過的一句話：「在你想要指責別人之前，」他對我說道，「你要明白，每一個人的生存條件都絕不相同，並且大部分不如你。」一他的話到此爲止，不再有下文。和父親待在一起的時候，我們談話的內容很少，但卻在心靈上息息相通，這使我感覺到他的話還有深意。在這種思想指導下，我養成了不對人輕易下結論的習慣，這使很多孤僻的人喜歡向我敞開心扉，同時，也使自己成爲別人發洩怨氣和不滿的對象。

這個習慣其實並沒有什麼不妥之處，但在心術不正的人那裏，卻成了一種把柄。在大學裏，我結交了一些所謂的無賴、「啞巴」，知道不少他們從不告訴別人的秘密，就因爲這個原因，而被有失公允地稱爲政客。我從不主動去探聽別人的私事，恰恰相反，當我的敏銳直覺告訴我，有人正試著向我傾訴苦悶的時候，我都裝出困倦不堪、冷漠，要不然就是等著看笑話的輕浮樣子，這是因爲我深知，同齡人是不會直截了當地說出心裏話的，他們往往有所保留或裝作不經意說出。

不輕易對別人予以評判是對他人滿懷希望的表現。人生來道德水準就不相同，如果在我待人接物時忽視了這句話，我會擔心失去某些珍貴的東西。儘管父親和我在引用這句話時都隱隱感到有些居高臨下的優越感。

我的寬容並不是毫無原則的，儘管我承認寬容這個東西是種美德。人們做事是有著不同的心理背景的，有的高尚，有的卑劣，正如建築物的地基，有的堅如磐石，有的卻像稀軟的沼澤地一樣，毫無支撐力。但如果有人的行為太過分，我也絕不會毫無原則地容忍。

去年秋天從東部歸來，我曾苛刻地希望每個人都成為軍人，穿上軍服，還應在道德上純潔得沒有半點瑕疵，永遠保持標準而嚴肅的水準。我要與縱情遊樂的生活決裂，也不想再把知道別人的隱私引以爲豪。除了蓋茨比——就是這本書的名字代表的那個人，他是我所有厭惡的事物的代表——其他的人都在這種反應的範圍之內。

如果人的美德是由許許多多小的成功組成的話，那麼，表現在他身上的就是一種讓人驚奇、感慨的珍寶。他的感受力就像一台精密的、能探測到遙遠的地下一些微動的地震儀，準確無誤地寄託在對人生的希望上。同那種蒼白無力卻爲人所稱道的感受性相比，這種敏感有一種天生的永保希望的稟賦，和對浪漫事物的敏銳。這是他所獨有的，無論現在還是將來。實際上，蓋茨比自身並沒有什麼過失，是那些世俗的罪惡在他希望破滅之後腐蝕了他的靈魂，並且，也讓我對別人喜怒哀樂的情緒不再那麼關注。

我的家在一個中西部城市，三代人都是富足而有地位的體面人。聽說我們卡羅威世家的老祖宗是有名的布克羅奇公爵，但實際上，開創了這番家業的人卻是我爺爺的哥哥。一八五一年，他來到這裏搞起了五金批發，並花錢雇人去當兵躲過了南北戰爭，這生意至今都是家傳的產業，由我父親經營著。

有人說，我的長相活脫脫就是這位伯祖父的翻版，但我沒見過他，只看見過父親辦公室裏他的一幅綳著臉、不苟言笑的畫像。我於一九一五年從紐黑文學校畢業，而我父親剛好在二十五年前也畢業於那裏。沒過多久，在條頓民族大遷移——即所謂的世界大戰的延續中，我嘗到了反攻的樂趣，但從那場漩渦中退出之後，卻立刻感到那不過是一場無聊的遊戲。中西部失去了原有的中心地位，一下子成了邊緣地帶，這也就是我打算去東部學債劵生意的原因。

我身邊的人幾乎都靠債劵生意發了財，我想我也能依此混口飯吃，何況我一個人又沒什麼負擔。親戚們商量了很久，才既嚴肅又帶點猶疑地爲我選下一家預備學校。父親爲我提供第一年的開銷，到了一九二二年春天，我才在幾經耽擱之後前往東部，感覺自己不會再回來了。

在城裏租房子是個不錯的主意，但當時天氣早已變暖，而且，我早已習慣了有綠草和樹蔭的地方，於是，我毫不猶豫地同意了辦公室裏一位年輕同事的提議，打算在近郊和他同租一所房子。

他找到了一所正待出租的表面破舊的木製平房，八十美元一個月，要不是他在我們即將搬家之前被調到了華盛頓，我也不會孤身一人去郊外住的。我在那裏所擁有的只有一條才餵養幾天便走失了的狗，一輛老道吉車和一個芬蘭女傭人。她負責爲我做早餐、打掃床鋪，在燒飯時，她喜歡不時冒出幾句芬蘭的諺語。

開始時我感到很孤獨，但不久後發生的一件事使我的心情開朗了很多。一天早上，一個比我對這裏還不熟悉的新居民向我問路：

「請問，西卵村怎麼走？」

我告訴了他，我開始感覺自己儼然是一個原始居民或者稱得上是開拓者了，原來的孤單感從此消失得無影無蹤。那個過路人在不經意間使我覺得我是這一帶的老居民了。

天氣變溫，樹葉就像電影裏常演的那樣，似乎一夜間就佈滿了枝頭，這些使我的心頭又湧起了那種似曾相識的感覺：隨著夏天的到來，自己也正在獲得新生。

許多書都在等著我去汲取營養，正如空氣中的各種養分一樣。十幾本紅皮燙金的書就像剛鑄好的錢幣一樣立在我的書架上，當然，這都是些有關銀行業、信貸和投資證券方面的書，我覺得似乎這些書中都藏有邁達斯、摩根、米塞那斯致富發財的秘密。我雄心勃勃，還想涉獵其他方面的許多書。在大學期間，我愛自己寫些東西，比如我就曾投稿給《耶魯新聞》，連續發表過一些社論，雖說現在看起來那些都有點過於嚴肅且沒有什麼新意。我決定「重操舊業」，當一個廣博但又不太深入的專家。這當然不僅僅是一句俏皮的格言——從窗外看到的人生總是成功的。

事有湊巧，我住的房子所在的小鎮，在北美是出了名的奇特。鎮子所在的小島在紐約的東邊，又細又長，形狀也頗為古怪。說它古怪，是因為這裏不僅有天然的奇觀異景，還有兩個在形狀上令人驚歎的地方。出城約二十英里，你可以看見兩個蛋形的、孿生姐妹一樣的半島，它們被一條小河分割開來，河水一直流進西半球長島海峽的平靜無瀾的海域。

雖然它們看上去不像真正的雞蛋一樣光滑圓潤，而是在一頭彷彿被人磕破一樣有破碎的痕跡，但它們卻足以欺騙從空中飛過的鳥的眼睛，讓牠以為自己看花了眼，錯把兩個小島看成一個了。而沒有機會從空中觀望小島的人類，卻由於在島上生活而發現兩個地方迥然相異，除了形狀和大小之外。

我的住所在西邊的蛋形小島上，和東卵比起來似乎沒那麼時髦，但時髦這東西是那麼膚淺，還遠遠不能包括兩者不很吉利又離奇的差異。從我的住處到海灣只需走五十碼的路程，房子剛好位於卵形島的頂部，被夾在兩座大別墅之間，我想那兩座別墅的租金起碼也要每季一萬二到一萬五吧！從任何角度來衡量，右邊的那幢也絕對稱得上是龐然大物。它造得和諾曼第的一個市政廳一模一樣，兩邊各有一座新建的塔樓，上面爬著常春藤稀稀落落的枝條。此外，房子還外帶一個大理石游泳池和占地四十多英畝的草地和花園。

當時我還和蓋茨比先生不熟識，那就姑且稱它是一位姓蓋茨比的富翁住的公館吧！我自己的房子又小又難看，不過正因爲它沒有受人關注，我才得以安心地觀望海景，欣賞鄰人漂亮的草坪，甚至覺得有這樣富裕的鄰居真是一件榮幸的事，因爲我只出八十美元就得到了以上所說的權利。

在清澈的水中倒映著海灣對面東卵地區的豪華而潔白的高大建築，彷彿是一座宮殿群。如果不是在那個夏天的傍晚我拜訪了湯姆・布坎農夫婦，也許就沒有下面的精彩故事發生了。

女主人是我的遠房表妹黛西，而男主人湯姆則和我是大學時代的同學。大戰結束後的一小段時間，我在芝加哥曾在他們那裏小住。

湯姆天生就具有從事體育運動的天賦，他曾一度躋身於紐黑文有史以來最偉大的橄欖球運動員的行列，當時可以稱得上是全國的明星，當然無須多談的是，除了橄欖球之外，在其他運動中他也是不可多得的人才。旺極必衰，二十一歲就登上了運動的頂峰，以後的成績就難免每況愈下。他家裏有的是錢，他的任意揮霍曾一度遭人指摘，但同他搬離芝加哥到東部來的排場比起來，就簡直是小巫見大巫了。我實在沒有見過同齡人中哪一個人有這麼大的出手，因爲據說他從森林湖買來了可以湊成一隊的打馬球的專用馬匹。

我不清楚他們搬到東部的原因。他們先是在法國住了一年，後來又到各地漫遊，他們去的地方結交的朋友都是些有錢人，又有打馬球的嗜好，其他好像並沒有什麼特殊的理由。黛西在電話裏告訴我，這次也許就不會再搬家了。我對此表示懷疑，因爲我不知黛西是怎麼想的。我隱隱感到湯姆爲了他在球場上逝去的榮耀，而一直心存憾意地飄泊。

於是，我決定去探望他們——儘管我並不瞭解他們，那是一個吹著暖風的晚上。

他們的房子前面正對海灣，仿喬治王殖民時代的建築塗著紅白二色，鮮亮得比我想像中的豪華不知強多少倍。在大門和海灘之間四分之一英里的廣闊地帶上種滿了綠草，從門口進入房子，一路上依次是日晷、青磚鋪成的小路和紅豔豔的花園。靠近房子時，所種的植物突然換成了常春藤，高高地爬在牆壁上。迎面看到的是敞開著的高大的法式落地窗，在夕陽的映照下發出金色的光芒。

它的主人湯姆・布坎農，這時早已來到門前陽臺上迎接我，他一身騎馬裝束叉著腿站在那裏。他的模樣早就和大學時代不同了。如今他已三十多歲，身強力壯，頭髮金黃色，嘴角透出一股兇狠，看起來非常傲慢。

給人印象最深的，恐怕就是他那雙自以爲是、桀驁不馴的眼睛。他身上的騎裝近乎女式，但你仍然能強烈地感受到他魁梧身材裏逼人的活力。他的靴筒繃得緊緊的；連轉肩時，你也能感到他的肌肉的轉動，彷彿他身上的薄上衣並不存在。整個身體讓人感到具有無窮的力量，甚至有些殘忍。他的嗓音粗厚，是地道的男高音，僅此一點，也足以讓人相信他是個粗暴的人。他愛用教訓人的口氣和人說話，對喜歡的人也不例外，這使他在大學期間很不得人心。

他常常暗示別人，他在某些問題上保持權威並不僅僅是因爲他的男子漢氣概。我們曾是同一個高年級學生聯誼會的成員，儘管我們並不要好，但從他專橫跋扈而又略帶悵惘的眼神中，我看到了他對我的重視以及希望我也懷有同樣感受的心理。

陽臺上溫暖得很，我們在那兒閒聊了一會兒。

「我的住所挺棒，是不是？」他邊說邊四處看著。

他拉著我的一隻手臂將我扳轉身子，讓我順著他巨大的手掌的指點觀賞前面的景物。那裏有一座凹型的義大利花園，半英畝玫瑰正在怒放，散發出陣陣醉人的香味；還有一艘獅子鼻的汽艇停靠在波濤起伏的海岸。

「這裏原來是石油大王德梅因的屬地。」他不容分說地將我轉過身，客氣但固執地說，「走，我們去裏面。」

在高大的走廊盡頭是一間玫瑰色的敞亮屋子。屋子正好居於房子的正中，兩頭都是落地長窗，窗外的綠草映照到半開的窗戶上，使室內都似乎跟著綠瑩瑩起來。窗簾彷彿白色旗幟，被風吹得從這頭飄到屋裏，又從那頭飄出去，有時高高地摩擦著天棚上的花邊裝飾，有時又輕輕落下，掃著暗紫色的地毯，就像輕風拂過海面。

屋裏的一切都受風的影響顫動著，只有一張寬大的沙發椅除外。沙發上是兩個白衣飄飄的年輕女子，似乎這張沙發是一隻巨大的氣球，馱著她倆在房中飛了一圈現在剛剛著陸一樣。

「砰」的一聲，湯姆關上了後面的落地窗，使我從窗簾飄動和畫像在牆上晃動發出的聲音中驚醒，似乎自己也站立了多時。風慢慢停了，窗簾、地毯和兩位少婦給人的輕飄飄的飛升感也漸漸消退了。

較年輕的那個女子我似乎從沒見過。在沙發的一頭，她靜靜地平躺在那裏，下巴朝天，彷彿上面放著一碗水或是別的什麼，生怕它掉下來。就算她從眼角瞥見了我也不會有什麼反應，而我卻幾乎要向她表示歉意，以爲自己打擾了她。

黛西，也就是另外一個女子，想要欠身站起，一臉的誠心誠意，卻忽然忍不住笑出了聲，笑聲中透著頑皮，惹得我也一同笑了起來，接著走入屋內。

「我高興得幾乎失去知覺！」

就像自己剛說過什麼俏皮話一樣，她又是一笑，然後才拉過我的手打量起我來，她那特有的表情讓我覺得自己是最最受她歡迎的人。她說那個女子姓貝克，黛西用她慣常的低語說了上面的話，據說壓低聲音是爲了讓人更靠近她，但我覺得這樣的評價不會損壞她無處不在的迷人氣質。

貝克小姐以快得驚人的速度朝我點頭示意，又迅速地轉回到原來的姿態上，似乎怕震落了她鼻子上頂著的什麼東西。而我，卻幾乎只感覺到那短暫的招呼不過是些許動了一下嘴唇。我對她的天馬行空的舉止真是佩服得五體投地，差一點又要爲我對她的驚擾表示歉意。

我轉身和表妹閒談起來，她說起話來低聲細語，但其中有那樣一種魅力使你不得不全神貫注，唯恐落掉什麼。她的臉上帶著淡淡的憂傷，可卻美麗而有神采，眼睛清澈明亮，如初升的太陽，一張美麗的小嘴，洋溢著蓬勃的熱情。但最動人之處還是她那無與倫比的聲音，她輕輕地訴說著一件又一件快樂的事情，彷彿流水一般，涓湧不息。恐怕這就是爲什麼有那麼多男人深愛過她，並對她久久不能忘懷的原因。

我帶給她一個消息：十來個朋友都要我替他們向她問好，而這僅僅發生在我逗留芝加哥的一天時間，她幾乎歡呼雀躍地大喊：

「真的，他們說很想我，是嗎？」

「絕不騙妳！每個人都染黑了汽車的左後輪來當花圈哀悼，並且按著喇叭繞城北的湖邊遊行，彷彿國難臨頭！」

「太棒了！湯姆，我們爲什麼不快點回去？最好明天動身！」但隨即又說：「你還沒見過我的孩子吧？」話題轉換之快讓我吃了一驚。

「是的，還沒有。」

「那就一定要看了。她都三歲了，只是現在她正在熟睡。」

這時，喜歡得空插話的湯姆停止了煩躁的踱步問道：

「尼克，你現在做什麼事情？」他用他的手拍了拍我的肩膀。

「債券生意。」

「在哪裡高就？」

我如實說了。

「不知道還有這麼一家公司。」他毫不客氣地說。

「是嗎，真遺憾，」我心下有些惱了，「在東部待得久了自然會聽說的。」

「這件事你大可放心，只有笨蛋才會願意離開這裏。」他還看了看我和黛西，好像有些疑慮。

「完全正確！」

貝克小姐突然冒出的這麼一句話，嚇了我一跳，這還是我第一次聽她講話。她打了一個呵欠騰地從沙發上躍起。

「我都躺麻了。」她說，「在那上面待了那麼久。」

這話似乎是衝著黛西去的，怪不得她反駁道：「看我幹嘛？我可是花了整整一個下午時間催妳去紐約的啊！」

這時，僕人從廚房端上四杯雞尾酒，她示意自己不想喝，然後繼續她的話題，「我正一心一意地鍛煉呢。」

湯姆・布坎農露出不相信的神情。

「是嗎?!」他一仰脖，喝盡了杯中的酒，酒對他來說真的不算什麼。「真不知道妳是怎麼做成妳那些事的。」

我好奇地盯著貝克小姐想，她做成了的是什麼事呢？

她身材苗條，有一對不很豐滿的乳房，但卻英姿挺拔，像軍校學生一樣精神。我發現她也懷著好奇心上下打量著我。陽光照得她灰色的眼睛瞇成了一條縫。一種熟悉感從頭腦中掠過，我一定是見過她的！但想不起來是在哪裡了。

「你住在西卵，」她不屑一顧地說，「我在那裏認識一個人。」

「我誰也不認識……」

「但蓋茨比可不該在此行列。」

傭人前來稟告說晚飯已經準備好了，我只好把蓋茨比住在我隔壁的話咽了回去。而湯姆則像推一粒棋子一樣，武斷地把我推出了屋子。

黛西和貝克走在我們前頭，兩個人互挽著腰，輕柔地、慢悠悠地踱上了薔薇色的陽臺。落日的餘暉灑在陽臺上還沒有完全消退，黛西似乎對這時候點蠟燭感到不悅，她一一掐滅了桌子上搖曳著的蠟燭。

轉過頭來，她又滿心歡喜的樣子了。「一年中最長的一天眼看就要到啦，我可是每次都盼望又每次都錯過的。你們呢？是不是也和我一樣？」

「我們最好訂個計劃。」貝克小姐打著呵欠，看上去一臉的倦意。

「好啊，」黛西說，「那我們幹什麼呢？」她又轉頭向我求助，似乎想不出什麼好主意，「其他人都是怎麼計劃的呢？」

不等我說話，她忽然叫道：「看，我把它弄傷了。」兩眼盯著看自己的小手指，似乎有些害怕。

對，指關節好像腫了。

「都怪你，湯姆，」她抱怨地說，「雖然不是有意的，但確實是你弄的，我爲什麼嫁給你這樣一個粗野的人，簡直是頭腦簡單四肢發達。」

「不許這樣說我，」湯姆被激怒了，「即使開玩笑也不成。」

「就是這樣的，我說的是實話！」黛西強嘴說。

她和貝克小姐輕輕地交談著，時而開些玩笑，也都是無關痛癢的話。她們只是超然地吃著、談著，彷彿我和湯姆正在同兩位白衣天使共進晚餐。她們似乎早就習慣了讓時間悄悄從身邊溜走，今晚當然也不例外，晚飯、黑夜，然後是新的黎明。而在西部，主人家則總緊緊張張、匆匆忙忙，生怕宴會沒有歡樂的氣氛，但最後的結果仍然是大家緊張兮兮，不歡而散。

我品著第二杯酒，這酒不錯，是道地的紅葡萄酒，要是裏面沒有軟木塞的話，味道就更棒了。我對黛西說：

「說點通俗的話題，譬如說莊稼之類，妳的話太高深，讓我覺得自己不文明，是相形見絀啊。」

我只不過隨便說說的話突然引起了湯姆的注意。

「文明，文明正從我們身邊消失！」他義憤填膺地說：「最近，我對世界都不抱什麼希望了。《崛起的城邦》你看過嗎？」

「呃，還沒有。」我吃驚地望著他，驚異於他說話的口氣。

「這書確實值得一讀，那裏面都是被論證過的科學道理，預示著我們白人將被有色人種打敗，失去現在的統治地位。」

「湯姆越來越深沈了，自從他看了一些思想深邃的書之後。那些書我簡直一點兒也讀不懂。」黛西面露憂慮。

「我說，這些書都是有科學依據的，」湯姆不理她那一套，不耐煩地接著發表高論，「書裏明明白白地寫著，我們白種人要是不想辦法制止，其他人種就會乘虛而入，搶佔我們的統治地位。」

「我們絕不能讓他們得逞。」黛西附和著，陽光刺得她不停地眨眼。

「爲什麼你們不到加利福尼亞定居？……」貝克小姐想換個輕鬆的話題，卻被湯姆挪椅子的聲音打斷了。

湯姆繼續他的高談闊論，「我們是北歐日爾曼民族，尼克、貝克、我，還有……黛西，我們全在內。」不知爲什麼到黛西那兒他結了巴，黛西這時又在眨眼了。「並且，我們創造了所謂的文明，這些，你們懂嗎？」

他雖然竭力想維護昔日的威嚴，但卻明顯有一點兒力不從心地裝腔作勢的痕跡，讓人覺得可憐。

似乎有人打過電話來，管家忙跑去接電話。黛西乘機伸過頭和我說話。

「我要告訴你一個秘密，是關於管家的鼻子的。你想知道這個秘密嗎？」

「當然，難道我不是專程爲此而來的嗎？」

「他原來可不是個管家，他從早到晚爲人家擦銀器，據說，那家店裏的銀食具可以供兩百人同時進餐。每天擦啊擦的，他的鼻子就受不了了……」

「對，而且後來就更糟了，」貝克小姐補充。「不錯，是越來越糟，他只好改行了。」

剛才還留在黛西臉上的夕陽的餘光還溫柔地輕撫著她的臉，但現在，卻一點點地消退了，似乎戀戀不捨地離開自己的情人一樣，我被她的聲音吸引著凝神諦聽。

管家對湯姆耳語了幾句，就見湯姆站起身來，微皺著眉頭沈默地進到裏屋去了。黛西忽然興奮了，用她那銀鈴般的嗓音高低有致地說：

「同你共進晚餐，你知道嗎，尼克，我不知有多高興。你給我的感覺簡直就像玫瑰，對，就是玫瑰的感覺。難道不是嗎，貝克？」她轉向女伴，似乎要求她的認同。

簡直是無稽之談，我怎麼可能像玫瑰呢？這不過是句亂扯的話，但聽她的口氣，卻真像是在談論她迫於表達、令她激動的話。但接下來，黛西的舉動卻出人意料，她放下餐巾，說了句「抱歉」就進屋去了。

貝克小姐和我看了看對方，裝作什麼也沒發生，但就在我要張口說話時，她「噓」了一聲，豎起耳朵，彷彿貓捉老鼠一般竊聽起屋裏的談話。屋子裏的說話聲很低，聽不大清楚，有時候高起來卻又猛地降下去，最後終於停止了。

「蓋茨比先生我是知道的，他就住在我隔壁……」

「噓，聽聽出了什麼事。」

「真的出事了嗎？」我天真地問。

「你不會沒聽說吧？」貝克小姐說，「大家不是都知道了嗎？」

「我真的沒聽說。」

「嗯，……」她頓了頓說，「湯姆在紐約有個情婦。」

「情婦？」我木然地應和。

貝克小姐點點頭。

「她至少不該在用餐的時候打電話來，這麼不懂規矩。」

我還是有點摸不著頭緒，這時，湯姆和黛西回來了，走廊裏傳來了他們的腳步聲。

「真沒辦法！」黛西強顏歡笑喊叫著。

她回到餐桌旁，觀察了一下我們的表情，又說：「我看見一隻夜鶯——是康拉德或白星輪船公司的船運過來的吧——牠正在外面的草地上唱歌。哎呀，多美妙啊！」她的聲音也彷彿夜鶯的歌聲一般，「很浪漫，湯姆，是不是？」

「是的，浪漫，」他沈著臉，心不在焉地說，「尼克，我要讓你看看我的馬，如果一會兒天還沒全黑。」

忽然，屋裏又傳來了電話鈴聲，我們被這出乎意料的聲音驚住了。

黛西示意湯姆不要去接電話，實際上，剛才的談話也都被這一驚，嚇得不知跑到哪裡去了。不知什麼時候，蠟燭又亮了起來，我不敢正視其他三個人的眼睛，雖然我很想。

我揣摩著年輕夫婦的心理，但遺憾的是，我什麼也猜不透。我想，貝克小姐恐怕也不會對鈴聲毫無反應，即使她看上去是那樣的超然。而我自己呢，我甚至想跑去找警察，因爲這種場面讓我覺得好玩。

去看馬的事自然是泡湯了。天黑了下來，湯姆和貝克小姐沈默不語地去書房了，等待他們的，也許是更死寂的沈默。而我，則陪著黛西，假裝剛才的事情並沒有影響到我，高興地和她穿過走廊，到房子正面的另一個陽臺上去。

我們選了張柳條編的長椅坐下。

黛西把頭埋在手裏，輕撫著自己的臉，慢慢地，她抬起頭，遙望著已經黑下來的天空。我若無其事地和她閒談起來，我問起她的小女兒，以爲這樣可以減輕她的痛苦。

「尼克，你其實並不真正瞭解我。」她拋開我的話題不談，忽然說，「我們雖然是表親，但是，結婚的時候你不在。」

「對，當時我還在戰場上。」

「對，」她頓了頓，「尼克，我受不了了，人生不過如此，我算是看透了。」

我等待著，也許她會把這背後的原因說給我聽，但是，她沒再說什麼，我只好又重新談起她的女兒。

「她應該會說話，自己吃……飯，啊，都學會了不少東西吧？」

「嗯，是啊。」她看著我，注意力並沒放在女兒身上，「女兒出生的時候，你知道，我對她說了許多話，想聽聽我是怎麼說的嗎？」

「是的，當然想。」

「你聽了就會明白我爲什麼會這樣看待……所有事物了。孩子出生沒多久，就從我眼前消失了，我覺得自己是多麼孤單啊！我急切地想知道孩子的性別，當我得知是個女孩時，我哭了，『女孩，女孩，多好啊。她千萬別像我一樣聰明，最好是個小白癡，這樣才不會痛苦，在這個世界上。』」

「你知道我開始悲觀厭世了，」她堅定地說，「聰明人誰不是這樣想的呢？我該經歷的都經歷了，簡直是……飽經世故啊！哈哈，飽經世故！」她不可一世地大笑著打量著周圍的一切，那神情，讓我想起了湯姆。

我很快體察到了她話中的不真實，當我有時間自己思索而不必再受她話語控制的時候，我覺得我受了欺騙，整個晚上似乎都是設計表演出來的。

我猜的沒錯，她再笑的時候，我已經感到那不是發自內心的了，那笑似乎在暗示我和湯姆都是上流社會秘密團體中的一員。

貝克小姐正在給沙發那頭的湯姆低聲讀《星期六晚郵報》，聲音平和舒緩，讓聽的人也心平氣和下來，在緋紅色的燈光照射下，他的皮靴閃亮，她的頭髮顯得毫無光澤，彷彿秋天落下的黃葉一般。光線還隨著她翻頁的手臂在報紙上跳躍。

她打了個手勢，叫我們別出聲，當我們走到門口的時候。

「未完待續，」她念著，並隨手放下了雜誌，「見本刊下期。」

她做了個動作就騰地從沙發上躍起，我只來得及看見她微動了一下的膝蓋。

「十點鐘了，」她說，可奇怪的是她並沒看表，難道是從天花板上看到的？「我這個乖孩子該去休息了。」

「明天在威斯徹斯特有喬丹的錦標賽。」黛西告訴我。

「哦……喬丹・貝克。」

忽然間，一些照片從許多報刊雜誌中紛紛飛出，呈現在我眼前，原來她曾在阿希維爾、溫泉和棕櫚海灘參加高爾夫球賽，怪不得第一次見面就覺得她高傲美麗的臉是那麼熟悉。

「明早八點叫我起床，好吧？」她輕輕地說。

「只要妳不賴床。」

「沒問題。卡羅威先生，改天再會，晚安。」

「當然會再見的，」黛西斷言，「你們倆可是天生的一對啊，我願意充當中間人湊合這樁婚事呢。比如，創造機會讓你們單獨待在地下室，要不然就給你們一條船，任由它漂泊，等等等等，我的辦法可多得很哪。」

「明天見，」貝克小姐邊上樓邊喊，「我可是什麼也不知道哇！」

「她這樣的乖孩子，他們怎能放任不管呢？」

湯姆等貝克小姐走後說。

「你指的是誰？」黛西冷言冷語地說。

「當然是她家人。」

「她和她的姑媽住在一起，那老太太都八十來歲了。但這又有什麼，尼克以後會照顧她的，對吧，尼克？我還要邀請她常來這裏過周末呢。這裏很適合她的身心健康。」

說完，一陣沈默籠罩下來，兩個人對視著什麼也不說了。

「她是紐約人？」我出來解圍。

「是路易斯維爾人，我們是閨中密友，童年的生活真是快樂啊，我們純潔無瑕的少女時代。」

湯姆沒讓她再說下去。「剛才，妳對尼克都說了些什麼？妳的心裏話？」他逼問著。

「我怎麼會說那些話呢？尼克，我們，對，後來討論日爾曼種族的問題來看，是不是？你的演講對我們的思想影響還真大呢，湯姆。」

「別輕信什麼，尼克。」他說。

我表示對此一無所知，然後設法結束了談話，起身告辭，我發動車子，正準備離開，看到他們夫婦二人正站在門口的燈下向我揮手。

「等一下！」黛西喊住我。「你在西部有未婚妻了？」

「我們聽說你訂婚了，」湯姆又一次加以肯定，「是不是這樣的？」

「根本沒這回事，哪個姑娘會喜歡像我這樣沒錢的人？」

「但是不會有錯的，三個人都曾談起這件事，總該不會有假吧？」她又容光煥發起來。

事情確實被他們說中了一半，確實有人傳言說我訂了婚。我來東部，除了做債券生意意外，還有一個原因就是躲開風言風語。

我對於湯姆和黛西的行爲仍覺得有些不可思議，我討厭他們這種生活在自我欺騙中的生活狀態，雖然我一度因他們的關心對其產生了好感，但我還是在想，如果我是黛西，我一定帶著孩子遠走高飛了，而她似乎樂於維持現狀。湯姆的「情婦事件」給我的震驚，簡直比不上他會因一種書的理論就憤憤不平，大傷腦筋。難道他真的覺得早先可以讓他傲視一切的強健體魄不再可以給他足夠的信心，轉而去精神世界裏汲取力量嗎？這一切的一切都是那麼奇怪，讓我百思不得其解。

時值盛夏，我開著車一邊回味剛才的情景，一邊欣賞著窗外美景，鮮花和綠草早已佔據了一塊塊空閒的場地，連小旅館的天臺和加油站前的空地也不例外。燈火照映下的加油機也閃著紅豔豔的光澤。我沒有直接回到房間，而是在草坪上蹓躂了一會兒，累了，就在旁邊的割草機上小憩，月光籠罩著大地，已經感覺不到風的遊動，但夜裏並不平靜。小鳥伸著翅膀打呵欠，還未進入夢鄉；青蛙在屬於牠們的天地大聲鼓噪，弄得一片嘈雜。一隻貓輕悄悄地想從我身邊溜過，卻被我發現，轉身朝牠望了一眼。

無意間，我看到有人從不遠的蓋茨比的公寓中踱了出來，然後在月光中停住，仰望天空，我也隨之向上看去，群星的微光連成一片，正如螢火蟲般在湧動。他穩健的姿態和悠閒的動作讓我覺得那人是在視察自己的領空，有這樣大家風範的人除了蓋茨比先生，不會再有第二個人了。

貝克小姐吃飯時曾提起他，這似乎是賦予了我一種權利去和他說句話。但他接下來的舉動卻突然讓我打消了這個念頭。他伸開雙臂似乎要擁抱住遠處的大海，隱約中，我感到了他的顫抖。而這時的海上又黑又暗，只有一盞燈，似乎在天的盡頭，發出熒熒的綠光。

我轉頭發出一聲感歎：「唉，真是個怪人！」而這時，天空下只剩下我一個人，蓋茨比先生不知在何時，悄然離去了。

第二章　情人

汽車公路在西卵與紐約之間的中點處倉促地靠攏了鐵路線，沿著鐵路延綿了約莫四分之一英里的路程。這一段路躲避開了荒野蔓草，穿行於一個灰塵主宰的山谷。

這實在是一個不可思議的怪農場，這裏像麥子一樣生長著無窮的灰土，堆積成形狀各異的丘陵小山和園林；堆積成房屋、煙囪和炊煙的樣子；還以超絕的偉力堆成人形，朦朧昏暗，隱約在走動著，忽而又在灰濛濛的空氣中復歸爲灰土一層。時有貨車駛過，你只聽見嘎地一聲停住了，有如鬼哭，卻看不見軌道，看不清那灰塵中的車身。不過你馬上聽到鐵鏟拖動的聲音，聽到腳步忙亂的聲音，那是人們蜂擁上去了。至於他進行何種秘密活動，在一片沙塵中你看不到。

但是，埃克爾堡大夫的眼睛卻在這片灰濛濛的土地上時隱時現。這不是真的眼睛，而是某個眼科大夫突發奇想豎在這兒的廣告牌，他想招徠生意，擴大自己在皇后區的業務。不過那傢伙大概已閉上了自己的眼睛，或者是搬到別處去了，而他把埃克爾堡大夫的眼睛留在了這裏。

那是一雙藍色的眸子，畫得相當大，瞳仁就有一碼高。它們不是待在一張臉上看世界，而是透過一副龐大的黃色眼鏡朝外看，那眼鏡下沒畫出鼻梁。這雙眼睛長年累月經受日曬雨淋，油漆已經剝落，神采黯淡了，不過看上去依然是一副冥想憂思的樣子，彷彿在俯視這片灰濛濛的陰鬱土地。

我初次見到湯姆•布坎農的情婦，是在「灰谷」的一條小河邊。這條小河髒兮兮的。每逢河上吊橋被掛起，讓駁船行駛過去時，在火車上等待著過橋的乘客就不得不讓這片陰沈淒慘的景象闖進自己的眼簾了。火車經過這小河一般至少先得停上一分鐘，有時就得等上半小時。正是在這等待中，我見到了那個女人。

認識湯姆的人幾乎沒有誰不知道他有個情婦，使他們氣憤不滿的是，他常公然帶她去時興的餐廳，把她安置在一張桌子旁，而他自己卻四處逛，尋找熟人閒聊起來。

我和她會面是那天下午同湯姆一起搭火車上紐約時。老實說，我並不想見到她，雖然我也很好奇。那天，當我們在「灰谷」停下時，他刷地一下彈跳起來，強拉硬扯地抓住我的胳膊肘子，斬釘截鐵說道：

「我們在此下車，我要你見見我女朋友。」

我實在很氣憤，他的行爲近乎暴力，而他認爲我周日下午似乎沒其他更有意思的事可做的念頭簡直是狂妄。那天午飯時他大概喝多了。

我跟在他身後。我們跨過一排粉刷得雪白的低矮鐵路柵欄，在埃克爾堡大夫全神貫注的注目禮下，沿公路往回走了一百碼。一小排黃磚平房，作爲荒原邊緣的唯一建築出現在我們面前。

這大概是供應本地居民生活必需品的一條小型「繁華街道」，旁邊再無他物。整條街只有三家店鋪，其中一家還在招租；另一家門前有條爐渣鋪成的小道，方便行走，這是家飯館，二十四小時營業的；第三家是個汽車修理店，門匾上寫著「喬治・B・威爾遜」，修理汽車。汽車交易。

湯姆把我帶進這個修理店，裏面空蕩蕩的，看上去生意不景氣，只有一輛汽車，角落裏還蹲著輛福特車，破舊得不成樣子，灰塵遮蓋之下更顯得陰沈可憐。

可我的直覺卻突然提醒我說，這樓上藏著豪華舒適的房間呢，下面的車行不過是個虛幌子罷了。

這時，老闆在辦公室門口現身了，是個金髮男人，面無血色，無精打采，但模樣還不錯。他正用一塊抹布反覆擦手，一見我們，那雙淺藍眼睛裏有一線不太明亮的希望流露出來。

湯姆迎上去，嘻嘻哈哈著拍他的肩膀，招呼道：「你好啊，威爾遜，你這傢伙，生意如何？」

「還可以吧，」威爾遜的回答顯得沒有力氣，他轉而問道，「你那部車子什麼時候才能賣給我？」

「哦，下星期；我的司機正在整修呢。」

「他是不是幹得太慢了？」

「不，一點不慢，」湯姆的聲音冷冷的。「你要有什麼想法，我看我還是賣到別處去算了。」

「啊，不，我不是這個意思，我不過是說……」威爾遜連連解釋。但湯姆顯出不耐煩的神色，威爾遜的聲音也漸漸在空氣中消失了。

不一會兒，樓梯上傳來腳步聲，接著，我看見一個女人粗壯的腰桿在辦公室門口出現，擋住了我的視線。

她的年齡約莫三十五六，身材肥胖，但我們知道有一些女人胖得很有韻味。她的臉蛋雖然與美麗沾不上邊，但顯而易見有一種動人的生命力，透過那條沾滿油漬的深藍色百褶洋裝；我感到她全身每一根神經正燒得旺盛。

這時她莞爾一笑，然後從丈夫身邊搖搖擺擺走過來和湯姆握手，她的眼睛直勾勾盯住湯姆，而她丈夫彷彿是個看不見的幽靈。她吐了吐舌頭潤潤嘴唇。

「你怎麼不搬兩把椅子來讓人家坐呢？」她對她丈夫說道，但是根本沒回頭看他一眼，語氣十分粗魯，調子低沈。

「是，是，」威爾遜應聲便邁步去了小辦公室，水泥牆壁把他的身影吞湮了。一切都被灰塵籠罩——他深色的衣服、淺色的頭髮、他身前身後的林林總總——只有他的妻子例外。

她走到湯姆身邊，湯姆便急切地對她說：

「我想妳了，咱們搭下班火車離開這兒。」

「好的。」

「在車站下層報攤那兒，我等妳。」

她點點頭，威爾遜從辦公室搬出兩張椅子時，她正好從湯姆身邊走開。

我們等她的時候，看見一個全身塵土、瘦骨伶仃的義大利小孩正在沿鐵軌點放一排「魚雷鞭炮」。再過幾天就是七月四日了。

湯姆說：「這地方很可怕是吧？」他皺起眉頭，望著埃克爾堡大夫。

「的確差勁得要命。」

「該給她換換環境，那樣對她好一些。」

「她丈夫會同意嗎？」

「威爾遜？那個笨蛋！他恐怕連自己是不是活著都不知道呢！他會以爲她是去紐約看她妹妹呢！」

於是，我們三個人——湯姆・布坎農和他的情婦以及我——一同坐上去紐約的車。

不過說「一同」並不確切，威爾遜太太是個知趣的女人，她坐在另一節車廂。爲了避免遭到這趟車上的東卵人的反感，我們做出了這一點讓步。

她出來時換了件古銅色的花洋裝。火車在紐約停車時，湯姆扶她下去，裙子緊繃在她豐腴的屁股上。她先是在報攤買了份《紐約閒話》和一本電影雜誌，又去車站買了瓶冷霜和小號瓶裝的香水。

在車道裏，我們聽到陰沈沈的回聲。威爾遜夫人好不容易等到了一輛淡紫色車身、灰色坐墊的新車，在此之前，有四輛計程車被她放棄了。我們坐的這輛車剛剛駛出工事浩大的車站，駛進明媚的陽光，她又猛地把頭從車窗前掉過來，身體前傾，敲打前面的玻璃。

她激動地說：「下車！把那隻小狗給我買下來，我要買了牠在公寓養著。多有意思啊，養隻小狗！」

於是，我們的車退回一個脖子上掛著小籃的白髮老頭身邊。

那老頭長得有點滑稽，活像約翰・洛克菲勒。他的籃子裏蹲著十幾隻小狗崽，看上去是剛出生的，但品種難認。

老頭子向車窗走來，威爾遜夫人急忙問道：「牠們是什麼品種的？」

「品種多著哩，就看您中意哪一種，太太。」

「我想要的是那種警犬，我看你這兒可不一定有。」

老頭子向籃子裏望了一眼，露出狐疑表情，伸出手去抓小狗，捏住一隻小狗脖頸上的皮就往上提，小狗拼命掙扎。

「這可不是警犬。」湯姆說。

老頭子失望了，沮喪地說：「對，這不一定是警犬，大概是隻硬毛獵狗。不過，你瞧牠的皮毛，很不錯呀，而且這狗不會讓你操心，牠絕不會鬧感冒什麼的。」

威爾遜夫人動了心，很熱情地說：「我覺得牠很好玩。多少錢呀？」

老頭子用默許的目光盯了他的小狗一眼，說：「這隻狗十美元。」

於是這隻硬毛獵狗順利地換了主人，隨遇而安地躲在了威爾遜夫人懷中。她溫柔地撫摸著牠那據說不會傷風的皮毛。牠的爪子白得有些奇怪，雖然牠的血統毫無疑問與硬毛獵狗有過關係。

她十分含蓄地問老頭：「牠是公的還是母的？」

「那隻狗麼？牠是公的。」

湯姆卻口氣堅硬地反駁道：「是隻母狗。來，給你錢，拿去再買十隻。」

我們的車駛到了五號路上。夏天的周日下午，空氣中透著溫暖柔和的陽光味，甚至讓人捕捉到田園氣息。我相信此刻若有一大群雪白的綿羊從前面拐角處奔湧而出，我一定不會有絲毫詫異。

「請停車，」我說，「我得在這兒跟你們道別了。」

湯姆連忙阻止道：「不行，你不能走。茉特爾會生氣的。是不是，茉特爾？跟我們上公寓去吧！」

「是啊，來吧！」她的語氣是懇求的。「我會打電話把我妹妹凱瑟琳叫來的。有眼力的人都說她是個漂亮女人。」

「嗯，我很想接受你們的邀請，但是我……」

車子沒有停下，向前行駛，然後拐彎，從中央公園穿過，向西城一百多號街那邊開去。

計程車停在了一五八號街的一大排形狀如同白色蛋糕的一幢公寓前。威爾遜夫人神情姿態猶如一個得意的妃子正前往皇帝的寢室，她向四周大模大樣掃視了一圈，趾高氣揚進了公寓門，手中捧著她的小狗和其他買來的東西。

上電梯時，她宣言式地說：「我要把麥基夫婦請上來，當然，我妹妹更是必請無疑。」

他們的套房在公寓最高層，由一間臥室、一間餐廳、一間客廳和一個浴室組成，每個房間都很小。客廳裏放了套有織綿靠墊的沙發，沙發太大，與房子不相稱，使房子活動空間更小，以至於老是被法國仕女在凡爾賽宮盪鞦韆的畫絆倒。牆上很空，只掛了幅很大的照片，不經意望見還以爲是隻母雞蹲在一塊黑乎乎的石頭上。站穩點看，那母雞化爲一頂女士帽，原來是位胖老太太微笑著端詳著屋子。桌上有幾份舊的《紐約閒話》，一本《彼得的西門》的通俗小說，以及兩三本百老匯的黃色畫報。

現在，新買的小狗成爲威爾遜太太首要關心的問題。她要開電梯的工人弄一隻墊滿稻草的盒子和一些牛奶，人家似乎很不樂意聽她的吩咐，但還是照辦了，另外還主動買了狗餅乾，又大又硬，拿一塊在一碟牛奶中泡上一下午才能變軟。

湯姆從一個上鎖的櫃子中取出一瓶威士忌。那天下午我喝醉了。那是我平生第二次醉酒。由於這個原因，雖然那天公寓裏八點後還有陽光射進，發生的一切對我而言都懵裏懵懂，如同隔了一層霧。

我隱約記得威爾遜夫人在湯姆膝上坐著打了好幾個電話。後來煙抽光了，我出去到街角藥店買煙，回來時不見了他倆。我很知趣，不聲不響在起居室待著，拿起那本《彼得的西門》看了一章，但我幾乎沒看出任何名堂，若不是書實在差勁，就是威士忌使它在我眼裏變了形。

客人們來敲公寓門時，湯姆和茉特爾（**第一杯酒下肚，威爾遜太太和我就互相以教名相稱了**）重新出現在起居室。茉特爾的妹妹凱瑟琳身材苗條，氣質庸俗，年約三十。頭髮是紅色的，濃密，剪得很短。臉上塗了厚厚的粉，如同牛乳。眉毛拔光了，用眉筆畫上，畫得還湊合，可惜天然力量總要恢復它的舊面目。

東倒西歪衝出來，把她的臉弄得斑駁不堪。她手臂上戴了許多個假玉鐲子，因此走動的時候，鐲子上下抖動，弄出叮叮噹噹的響聲。她神情那麼自然，對這裏的一切那麼熟悉，就像主人一般掃視家具，我一時懷疑她就在這兒居家常住。可是當我問她這個問題時，她爽聲笑起來，大驚小怪地把我的問題重複了一遍，然後告訴我說她住在一家旅館，和一個女朋友同屋。

茉特爾所說的麥基先生住在他們樓下，他生得白白淨淨，帶有女子氣，文文靜靜地進門來，恭恭敬敬跟每個人打招呼。他顴骨處有一點白色肥皂泡，一定剛刮過鬍子。後來交談過程中，我知道了他是搞攝影的，茉特爾掛在牆上那副巨大的母親照片就是他拍的，幸虧他一開口就告訴我他吃的是「藝術飯」，那照片雖放大處理過，仍如胚葉一樣模模糊糊。麥基夫人長得應算漂亮標致，但說話尖聲尖氣，行動有氣無力，令人生厭。她告訴我打結婚算起，她丈夫給她拍過一百二十七次相了，其得意溢於言表。

威爾遜太太現在穿了件下午作客時穿的那種精工細作的洋裝，是奶油色綢緞做成的，她在屋裏轉悠活動時，裙子就磨擦出沙沙的響聲。我真不明白她是什麼時候換的。不過，由於換了件衣服，她的個性也潛移默化地變了，一種目中無人的矜持傲慢取代了在車行初見時感染人的那種自然活力，矯揉造作的笑聲、姿態和言談在時間之流中愈演愈烈，使她在這愈變愈小的房間裏愈脹愈大，在煙霧瀰漫的空氣中，她好像坐在一個木軸上吱吱呀呀轉個不停。

她拖腔曳板誇大其辭地對她妹妹說：「親愛的，這年頭誰都盤算著騙妳，他們頭腦裏只裝著錢。上個禮拜找了個女的看了看腳，妳要是只看她給我開的賬單，妳準以爲她給我動了闌尾手術哩。」

麥基夫人問道：「那女的姓什麼呀？」

「姓埃伯哈特。她老到人家中給人看腳。」

「我真喜愛妳身上這件衣服。」麥基太太換了話題，「它真是很好看，我認為。」

威爾遜夫人眉毛往上一揚，表示對這句恭維不以為然，她說：「這衣服呀，一件破爛兒貨罷了，我只是不在乎自己的形象時才隨便穿穿。」

「我的意思是它在妳身上很好看，」麥基太太連忙為自己解圍。「還有妳這個姿態，要是切斯特把它拍下來，我敢說那定是幅了不起的作品。」

我們大家的目光都無言地集中在威爾遜太太身上。她也微笑著望著我們，用手掠開遮住眼前的一縷頭髮。

麥基先生定定地打量著她，頭偏著，又伸出一隻手來，在面前來回地緩緩移動。過了一刻，他開口說道：「要想把容貌的立體感表現充分，我必須換一種光線。我還要把腦後的頭髮也拍進我的作品中。」

「我可是壓根兒不認為光線應該改變，」麥基的老婆尖聲說，「我認為……」她丈夫「噓」了一聲打斷她的大論，把我們的注意力又引向了他的話題。

湯姆・布坎農突然出聲地打了一個呵欠，起身說道：「你們夫妻倆還是喝點什麼吧。茉特爾再弄點冰塊和礦泉水來，否則大家就睡著了。」

茉特爾又把眉毛一揚，說：「我早叫樓下的小夥子送冰來。可那些人！你得一刻不歇緊盯著他們。」

她忽然又把目光投到我身上，大笑起來，搞得我莫名其妙。然後她又蹦跳著跑開了，跑到小狗面前，樂顛顛地親吻了牠一下。接著搖搖擺擺進了廚房，那氣勢神情彷彿廚房裏有十幾個大廚師在靜候她的安排。

麥基先生斷言說他在長島那邊拍過幾張好的相片。湯姆茫然地看了看他，彷彿沒聽懂。

「其中兩幅被我們配了鏡框，在樓下掛著。」

「兩幅什麼？」湯姆問道。

「兩幅習作。一幅我叫它《夢濤角——海鷗》，另一幅被稱爲《夢濤角——大海》。」

這時，茉特爾的妹妹凱瑟琳在我身邊的沙發位上坐下，問我：「你也住長島麼？」

我告訴她我住西卵。

「真的嗎？大概是一個月以前吧，我還在那兒參加過一次聚會呢！主人姓蓋茨比。你知道他嗎？」

「我是他的鄰居。」

「哦，據說他是德皇的侄子，或者別的什麼親屬吧。他的錢就是從那兒來的。」

「是嗎？」我說。

她肯定地點點頭。

這段關於我鄰居的報導真是勾起人的好奇。可惜被麥基夫人打斷了。她伸出手指對凱瑟琳說：「我害怕他。我可不願落入他的魔掌。」然後，她又用那尖嗓門嚷嚷著說：「切斯特，你完全有能力給她拍一張好的。」

麥基先生正集中精力跟湯姆說話，只懶懶地點了點頭表示會意。他對湯姆說：「要是有合適的仲介，我倒想在長島做點業務。我只要求有人幫我開個頭就行了。」

湯姆哈哈笑了幾聲，說：「這個你找茉特爾就可以。」

威爾遜夫人剛好端著托盤進來。

「她可以給你寫封介紹信。茉特爾，是吧？」

「什麼呀？」她彷彿吃了一驚。

「幫麥基寫封信，把他介紹給妳丈夫。他會給妳拍幾張特寫的。」他停了一會兒，嘴唇無聲動了幾下，接著瞎扯道：「譬如《喬治・B・威爾遜在工作》，諸如此類。」

「這兩人誰都無法忍受自己家中那一位。」凱瑟琳在我耳邊輕聲說。

「是嗎？」

「真是無法忍受。」她看了看茉特爾，又看看湯姆，接著說：「既然到這地步了，依我看，就沒必要湊合著過下去了。換了我，就離了算了，然後馬上另外結婚。」

「她也討厭威爾遜嗎？」

這個問題被茉特爾聽見了。她突然的插話讓我嚇了一跳，而且她吐出的話讓人吃驚。

凱瑟琳爲她自己的話得到現場證明而得意非凡，說：「你看吧。」然後，她壓低了聲音對我說：「他倆不能結合的主要原因在於他的老婆，一個天主教徒。天主教徒是不贊成離婚的。」

這個謊言可真是精心編造的，讓我驚詫不已。因爲我知道黛西並非天主教徒。而凱瑟琳還喋喋不休：「他們要是有一天結了婚，就會先去西部住上段日子，把可能遇到的麻煩挨過去。」

「我覺得躲到歐洲去更妥善一些。」

「啊！你喜歡歐洲是嗎？」她驚叫著說，把我嚇了一跳。「我剛剛去了蒙地卡羅。」

「是嗎？」

「就是去年。我和另外一個女孩同行。」

「在那兒待了很長時間嗎？」

「不長。我們只到了蒙地卡羅就返回了。我們路過馬賽。回來路上吃盡了苦，因爲動身時帶去的一千兩百多美元在一家賭場小房間裏被人通通騙走了，只有兩天哩。我對你說吧，我對那個城市討厭透了，我的天！」

窗外那有如瓦藍地中海的天空在夕陽映照下透露著柔柔情意，突然，我的耳朵響起麥基太太的尖嗓音，我的思緒被喚回到房間。

她這時精力充沛，大聲說：「我也曾經險些走上歧途，差點嫁給一個猶太小子，他追了我好幾年，但他配不上我。我自己知道，大家也總說：『露西爾，妳嫁給他真是吃了大虧。』可說回來，他沒準會把我弄到手的——如果我沒碰上切斯特。」

茉特爾・威爾遜不停地搖著頭，一面說：「不錯，可妳聽我說，好歹妳並沒嫁給他呀！」

「我當然知道自己沒嫁給他。」

「而我，我卻嫁給了他，這是我和妳的不同之處。」茉特爾的話閃爍而含糊。

但凱瑟琳質問道：「妳為什麼要嫁給他呢？又沒人逼妳，茉特爾？」

茉特爾沈思片刻，最後說出這樣的話：「當初嫁給他，因為我誤把他看成了上等人。以為他有教養，沒想到他其實舔我的鞋都不夠格！」

凱瑟琳反駁道：「有一陣子妳可是瘋了一般地愛他呀！」

「瘋了一般地愛他？」茉特爾表示不可理喻地喊叫起來，「這是誰胡說八道呀？我根本就從未愛過他，就像我從沒愛過他。」

她說「他」時把手指向我，於是我感覺大家的目光都在我身上集合，滿含著責備。我只好盡力擺出副無所謂的樣子，意思是我根本不在乎別人愛不愛我。

「要說發瘋，我唯一幹的一件發瘋的事就是嫁給了他。我幾乎同時就明白自己幹了件傻事。他的結婚禮服是借的，可他一直瞞著我，直到有一天人家來討衣服而他不在家我才明白真相。『這套衣服是你的嗎？我還從未聽說過呢。』我對那人說，把衣服交給他後，我撲到床上哭了一下午，整個下午，哭得天昏地暗。」

凱瑟琳又在我耳邊絮叨起來：「她真該離開那人了。他們在那汽車店樓頂住了十一年。湯姆卻只是她第一個情人。」

除凱瑟琳之外，大家都喝得痛快淋漓，沒完沒了，第二瓶威士忌沒了，湯姆按鈴叫看門人去買一種著名的三明治，那就是晚餐了。

柔和的暮色在屋外向我招手，我想出去，到東朝公園走走。可每次我試圖站起來離開時，總有一根繩子把我往沙發座位上拉——一陣不可開交的吵鬧爭執把我捲進去了。

然而我猜想著，在城市上空高高踞立著的這排橙黃的窗戶一定具有某種神秘性。在那夜幕籠罩的街道上，說不定正有位過客觀望著它們，在心中編寫著某些不為人知的生命奇蹟。而我也可以想像他抬頭思想的模樣。我發現自己處於一種奇怪的境地：既身處其中，又游離於外；既陶醉於人生的繁華變化，又對這一切感到厭煩。

恍惚間，茉特爾嘴裏的熱氣噴到我臉上，原來她已經移坐到我身旁，關於她和湯姆初逢的往事便囉囉嗦嗦展開了。

「那事兒就發生在火車上，兩個面對面的座位，就是常常剩下的最後兩個座位囉。我去我妹妹那兒過夜，也就是上紐約。他呢，一身漂亮禮服，一雙漆皮鞋，惹得我情不自禁朝他看。

可每次我總是假裝是在看他頭頂上的廣告，當和他的目光相碰時。下車進站時，他緊緊貼在我身邊，雪白的襯衫前胸蹭著我的手臂。我說我要叫警察了，他一眼就看出我口是心非。我已經神志昏昏，不知不覺跟他上了輛計程車，自己還以爲是在地鐵裏。心裏翻滾著的只有一句話：妳只能活這一回。妳只能活這一回。」

她又轉過頭去；說話對象換成了麥基夫人。那讓人覺得彆扭的笑聲在屋裏膨脹開來。

她大聲喊著：「親愛的，我明天得去另買衣服，身上這件送給妳。我今天得塡個清單，把要辦的事情記上：按摩、燙髮、給小狗買條鏈子，還得買個煙灰缸，就是那種十分小巧、有彈簧的。我還要買一個假花圈，可以在媽媽墳頭擺上一個夏天了。就老是忘記，所以一定得寫個清單。」

時針已指向九點。

時針已到十點。而我覺得只是轉眼之間。此刻，麥基先生在椅子上睡著了，他的睡相有如政客的照片，兩手握成拳頭放在大腿上。臉上還留著那一小片肥皂沫，這時終於忍不住掏出手帕把它擦掉了。

房裏的人似乎有隱身術，忽而不見，忽而又現形了。好像一直在找人，商量去什麼地方，可總找不著。但又發現彼此近在咫尺。

只有小狗安靜穩定地坐在桌上，不時發出輕輕的哼聲，牠兩眼無主，在煙霧中無助地瞟著四周。

快到半夜時，昏昏沈沈的人們被一陣激動的爭吵聲驚醒了。湯姆・布坎農和威爾遜夫人正面對面站著，爭吵著威爾遜夫人有無資格喊黛西的名字。

「黛西！黛西！黛西！我想叫就叫，不拘什麼時候！黛西！黛……」

「啪」地一聲，威爾遜太太的鼻子被湯姆・布坎農出其不意地打破了。

一切都亂了。浴室裏地上堆滿了鮮血淋漓的毛巾。女人哭哭啼啼，聲音裏透著痛楚悲哀。

麥基先生從睡眠中醒來，像機器人一般朝門口走去。走了一半又回過身子，屋子裏的情景讓他呆住了——他老婆和凱瑟琳正踉踉蹌蹌在狹窄的房間裏穿梭，手中拿著急救物品，口裏又是罵人的話又是撫慰人心的關切之言。那個躺在沙發上的悲慘的人呢，血還在不停地流著，又想著用一份《紐約閒話》蓋住織綿椅套上的凡爾賽風景畫——麥基先生轉過身，繼續朝門口走。

我從燈架上取下帽子，跟著他走出門去。在電梯裏，他哼哼唧唧提議道：「我們改天一起吃頓午飯吧。」

「在什麼地方呢？」

「隨便吧。」他應著，迷迷糊糊地。

「別碰電梯開關。」開電梯的工人厲聲說。

「對不起，我還不知道我碰了。」麥基的神氣並沒顯出任何畏縮。

「那再說吧，反正我奉陪。」我接著剛才的話說。

……我在麥基床邊站著，他在兩層床單間坐著，脫得只剩內衣，手裏捧著一大本相片。

「《美女與野獸》……《孤寂》……《小店的老馬》……《布魯克林大橋》……」他念叨著。

後來，我就到了賓夕法尼亞車站的地下候車室，冷，我半睡半醒著等候清晨四點的那趟火車時，死盯著剛剛出來的《論壇報》。

第三章　宴會

我鄰居家的花園一整個夏天都很熱鬧，人聲嘈雜、宴席不斷，每到夜晚還有輕柔的音樂飄來。我總能在下午落潮的時候，看到他的客人或是在木跳臺上跳水，或是在他家的海灘上享受夕陽的餘光，他的兩艘汽艇也一刻不閒地拖著滑水板在海上衝浪。他家的轎車一到周末便派上了大用場，像公共汽車似的往來於城裏接送客人，一直折騰到三更半夜，他的旅行車則專門用來去火車站接班車。周末過後的殘局，要八個僕人，包括一個園丁，整整幹一天才能收拾完畢。

周五的時候，總會有五箱從紐約運來的橙子和檸檬從他家的前門拉進來，然而周一的時候，便會從後門運出成堆成堆的果皮。中間的過程歸功於他家的榨果汁機，兩百顆橙子在半小時之內便可以被榨成汁，只是需要男管家不停地按兩百次按鈕。

最多不過兩周，蓋茨比家的大花園就會包辦一次筵席，大批從城裏來的工人用幾百英尺的帆布帳篷和數不清的彩燈把花園裝扮得如同過聖誕一樣。誘人的各色冷盤擺滿了餐桌，經過精心烤製的乳豬和火雞、五香火腿及各種各樣的沙拉應有盡有。大廳裏還設了一個酒吧，酒的品種更是琳琅滿目，包括各種杜松子酒和烈性酒，還有比較古老的甜水酒，年輕的女客們簡直都被搞暈了。

配備齊全的樂隊帶著雙簧管、長號、薩克斯管、大小提琴、短號、短笛、高低音銅鼓在七點之前準時到達了。客人們也都開始爲晚宴做準備，車道上停滿了從紐約開來的轎車，住宅樓內一派富麗的景象，夫人女士們美麗的髮式及多彩的紗巾也是一道了不起的風景。酒吧裏更是生意興隆，不停地向外傳送著雞尾酒。到處都是歡聲笑語，人們在互相介紹、互相說著俏皮話，一群從不相識的人在親熱地相聚。

太陽收盡了它的光芒，燈光把宴會場照得如同白晝，樂隊奏著歡快的音樂，人們不得不抬高嗓門才能交談。笑聲像氾濫的波濤向四周充斥著。人群在不斷地變換著面孔，一些較膽大的年輕姑娘，不斷地穿梭於人群之中，時而引起人們的關注、時而又消失在人群中。

突然，這些如同吉普賽姑娘之中的一個，穿著華麗，喝了滿滿一杯雞尾酒之後，便舞到了舞池中央，大膽地跳著，這造成了片刻的寂靜，隨即，樂隊轉而爲她伴奏。人群中起了一陣騷動，有人謠傳說她是劇團吉爾德・格雷的替角。

於是，宴會正式開始了。

我總覺得那天晚上雖然我是第一次去蓋茨比家，但只有我和少數幾個人是真正接到請柬的人。許多人都是不請自來。他們自己坐車到長島，然後來到蓋茨比家，不管由哪個認識蓋茨比的人介紹一下，便從容地成爲了客人。有的人宴會終了也沒有見著蓋茨比的面，但不論如何，他們出席宴會的心情總是真誠的，這便足夠取得入場的資格了。

我是這樣受到邀請的：星期六清早，一名穿制服的司機給我送來他家主人的請柬，其措辭非常客氣：如果我能光臨他當晚舉辦的小宴會，將會是蓋茨比莫大的榮幸。他已經見過我好幾次了，但由於種種原因一直沒有機會來造訪，簽名是傑伊‧蓋茨比，筆跡非常不錯。

剛過七點，我便穿著白法蘭絨的便服去赴宴。宴會上，除了有幾個面孔是我在火車上見過比較熟悉外，大多數人都從沒見過。一晚上，我都覺得不自在。我注意到，客人中有很多年輕的英國人，他們冠冕堂皇卻面帶饑色，帶著討好的語氣跟傲慢的美國人說話。我猜測，他們準是在推銷債券、或者是保險，再不就是汽車。他們很清楚，只要他們辦的得體，就可以把近在眼前的錢放到自己的腰包裏。

我從一開始就試圖尋找到主人，但大家都對我的詢問報之以驚異的表情，無奈，我只好溜到供應雞尾酒的桌前，偌大的花園裏，只有這裏，可以掩飾一個百無聊賴的單身漢的孤獨。

正當我準備灌醉自己時，我看見喬丹‧貝克從屋裏走了出來，她站在那裏，身體微微後仰，一臉不屑地望著花園。爲了不把自己逼到與過往客人寒暄的地步，我覺得不管她將做出什麼反應，我都要和她打聲招呼：

「妳好！」我邊喊邊向她走去，聲音顯得有點刺耳。

「我猜你可能會來。」她愛理不理地對走到跟前的我說，「你好像說過你是他的鄰居……」

她應付地碰了碰我的手，表示她不會放下我不管，便去同階下兩個穿黃裙子的姑娘聊天。

「嗨！」她們向她喊道，「你沒贏真可惜。」

她們在說上星期天她輸掉的那場高爾夫球決賽。

「妳可能不認識我們，」其中的一個說，「一個多月以前，我們曾在這兒見過妳。」

「妳們染了頭髮！」喬丹說時，兩個姑娘早已晃悠悠地離開了，只有吃驚的我和早升的月亮聽到了。這個月亮是人工做的。我被喬丹挽著手臂在花園裏閒逛。然後我們收到一份雞尾酒，於是我們坐下來，同桌的還有那兩個穿黃衣服的姑娘和另外三個男子，我們被糊里糊塗地介紹相識了。

「妳經常來嗎？」喬丹問她身邊的姑娘。

「最近的一次就是見到妳的那次。」姑娘機靈而自信地答道。她也問她的朋友：「露西爾，妳也是這樣的吧？」

露西爾給了她肯定的答覆。

「我喜歡到這兒來，」露西爾說，「我總是玩得忘乎所以，上次，我的衣服被椅子給撕破了。他問了我的姓名和地址，不到一個星期，我就收到了一個由克羅里公司送來的裝著晚禮服的包裹。」

「妳沒有拒絕嗎？」喬丹問道。

「爲什麼要拒絕，我還準備今晚穿呢！但胸口有點大，改了之後才可以穿。那是一件鑲著紫色珠子的淡藍色禮服，花了二百六十五美元。」

「這個人的行爲真是古怪！」另外一個姑娘帶著極高的興趣說道，「他一個人都不願意得罪。」

「妳說的是誰？」我問。

「當然是蓋茨比。有人說……」三個女人把頭湊到一塊兒。「有人說，他曾殺過一個人。」

我和另外的三個男子都很驚奇，豎起耳朵聽她們說的話。

「我覺得不是這樣。」露西爾替他爭辯道：「肯定是因爲他曾在大戰時當過德國間諜。」

一個男子贊同地點了點頭。

「我也聽人這樣說過，告訴我的那個人是從小和蓋茨比一起在德國長大的，對他瞭如指掌。」他用很確定的語氣說道。

「不，不對！」第一個姑娘又說，「肯定不是這樣的，大戰期間，他不是在美國軍隊裏麼？」她由於又吸引住了大家而變得興致勃勃。「根據他在以爲沒有人注意到他時的表情，你就可以斷定他一定殺過人！」

說完，她瞇起眼睛打了個冷顫。露西爾也開始發抖。我們都四處張望，看看有沒有蓋茨比。在一個什麼都不需要避諱的世界裏，有人能引起大家這樣的竊竊私語，也由此可見他給人造成的神秘感。

晚宴的第一頓飯（**第二頓在午夜以後**）開始了。喬丹帶我坐到她的一夥朋友那裏。一共是三對夫妻加一個陪喬丹一起的大學生。這個人口氣傲慢，善於用言外之意，一股喬丹已是他的囊中之物的氣勢。

這夥人嚴格而執著地保持著自己農村貴族的尊嚴，既不轉悠，也不與外人搭訕，彷彿在拒絕都市裡燈紅酒綠的沈迷。

「我們到別處去吧，」喬丹在消磨了半個多小時的時間後，悄聲對我說，「我實在受不了這種氣氛了。」

我們站起來向她們解釋說我們去拜見主人。她們以為我還沒有見過主人，這使人有點尷尬。那位大學生神情淡漠地點了點頭。

我們先到酒吧間，滿堆的人群裏並沒有蓋茨比。外邊也沒有找到他，我們推開一扇很神氣的門走了進去。這是一間巨大的掛式書房，四壁鑲的都是英國雕花橡木，很像是古墓。

一個又矮又胖的中年男人，顯然是喝得爛醉了，正坐在一張大桌子的邊上，鼻子上架著一副很大的貓頭鷹式眼鏡，目不轉睛地盯著書架上一排排的書。聽見我們進來，他興奮地轉過身，首先把喬丹打量了一遍。

「你認為怎麼樣？」他突然問道。

「什麼怎麼樣？」

他把手指向書架。

「當然是那個，你也不用懷疑了，我已經仔細看過了，都是真的！」

「你是說這些書嗎？」他點點頭。

「那是真的——每一頁都是。一開始我還以為是空書殼子，擺來矇人的。可事實上，它們都絕對是真的。每一頁！不信你瞧！」

他以為我們一定不信，急匆匆地跑到書櫥前面拿來一本《斯托達德的言論》第一卷。

「看哪！」他興奮地嚷道，「一本貨真價實的印刷品。真把我鎮住了。又逼真又精美！而且又不失分寸，底頁並沒有裁開。這就已經足夠了！」

他一把搶走我手裏的那本書，急急忙忙地放回原處，一面又在嘀咕說，挪動一小塊磚頭，整個圖書室就可能會崩塌。

「你們是怎麼來的？」他問，「不請自來嗎？我可是有人介紹的。大多數人都有介紹。」

機靈的喬丹只用感興趣的眼光看著他，並沒有搭理他。

「我是經羅斯福太太介紹的，」他又接著說，「克勞德・羅斯福太太。我昨天才碰到他，在什麼地方已經不記得了。我已經醉了一星期了，想在圖書室裏醒會兒酒的。」

「那你醒了嗎？」

「我想是的，但又不太確定。我已在這邊待了一個小時了。對了，你們看這些書，都是真的！」

「你已經講過了！」

我們禮貌地和他握手告別，之後又到外邊去了。

這時，有人開始在花園裏跳舞；有老頭子和年輕姑娘一對，跳著不優雅的舞步的；有無視一切的年輕男女，在一個角落裏跳著時髦的舞步的；還有許多跳單人舞的姑娘，有時還會幫樂隊敲幾下打擊樂。

午夜時分，狂歡開始了。有人用男高音演唱義大利歌曲；一位壞名聲的女人演唱了一首低音爵士樂，節目之間還穿插進一些雜技，大笑之聲在夜空迴盪。其中，那兩個穿黃衣服的姑娘——她們是雙胞胎——演了化妝娃娃戲，主人開始用很大的杯子盛著香檳招待客人。月亮在高空，星光燦爛、琴聲悠揚！

我和喬丹在一張桌子前坐下來，旁邊有一個和我年齡相仿的男子和一個異常活躍的小姑娘，她笑得很爽朗。現在，我的心情也好多了，肚裏的兩大杯香檳開始發生效力，眼前的景色開始變得夢幻而迷離。

在節目空檔的時候，那個男子微笑著望向我：

「我好像在哪兒見過您！」他禮貌地說，「您是不是曾在第一師待過？」

「是啊！我在步兵二十八連。」

「在一九一八年六月以前，我一直待在十六連。我說您怎麼這麼面熟？」

於是，我們談到了法國的天氣、地理。他似乎就住在附近，他還說他新近買了架水上飛機，想明天去試飛。

「跟我去海灣沿岸轉轉吧！怎麼樣？」

「什麼時候？」

「你覺得什麼時候合適就什麼時候，我隨便。」

我剛要問他的名字，喬丹掉過頭來笑著問我：「現在不覺得無聊了吧？」

「好多了。」我又轉向我新認識的朋友。「今晚簡直奇妙極了，到現在為止，我還沒見過主人的面呢！我家就在隔壁……」我向遠處隱約的籬笆指指。「是蓋茨比先生派人送請柬來的。」

他不解地望了我一會兒。

「我就是邀請您的主人。」他突然說。

「啊？」我失聲叫道，「噢，很抱歉，不過……」

「看來我並不是個很成功的主人，我還以爲您早認識我了呢！」隨即他露出了令人無比寬心的笑容。

這種笑容世間少有，彷彿貯藏著無盡的理解和善良，留給你永生難忘的印象。如同在這一瞬間，你便成了他所鍾愛和關注的世界，他是如此地理解你、相信你，正如你自己理解自己、相信自己一樣，使你自信勃發。但是馬上，他的笑容就消失了。於是我才意識到，他不過是一個三十一二歲，文質彬彬、風度翩翩的年輕男子罷了。在沒見到他之前，我總覺得他是一個談吐很講究的人。

與蓋茨比先生表露身分同時，一個男管家急匆匆地跑來報告說，有人從芝加哥打來長途電話，他欠身向我們大家道了個歉，並對我說：「需要什麼儘管開口，千萬別客氣。」他很誠懇地說，「對不起，稍稍離開一下。」

他一走，我馬上向喬丹表達我的驚異，並試圖找到答案。因爲，我一直以爲蓋茨比是一個大腹便便、油光滿面的中年人。

「他到底是誰？」我問道，掩不住急切，「妳知道嗎？」

「他就是姓蓋茨比的那個人嘛！」

「我是想知道他更多的一些事情。」

「噢！現在你也對這個題目感興趣了。」她漫不經心地笑道，「他曾告訴我他上過牛津。」

我彷彿抓住了一個模糊的線索，但又被她的下一句話打斷了。

「可是，我才不相信呢！」

「爲什麼？」

「說不清楚，」她很固執地說，「反正我不相信他在牛津讀過書。」

她說話的語氣使我想到另外一個姑娘說的「他曾殺過一個人」的話。我的好奇心越來越強烈了。我可以毫不驚異地接受和理解有人說的蓋茨比出身於路易斯安那州的沼澤地區，或者出身於貧民窟，但一個年紀如此輕的人怎麼可能一下子沒有背景地冒出來，在這裏買下如此豪華的別墅呢？

「不管怎麼樣，他舉行這麼大的宴會，而我則喜歡大型宴會。這是真的。在大型宴會上，你可以不受拘束地三三兩兩在一起談心，這是小聚會無法做到的。」她像大多數不願深入某一話題的城裏人一樣，邊說邊改換了話題。

突然，一陣大鼓的聲音過後，樂隊指揮大聲地向嘈雜的人群說道：

「諸位來賓們，應主人的要求，我們爲大家演奏一曲費拉迪米爾•托斯托夫先生的新作，這部作品就是曾在卡內基音樂廳引起轟動的那部。」他以輕鬆、居高臨下的語氣說道。隨即又補充了一句：「真正的轟動！」最後一句引得大家哄堂大笑。

「樂曲的名字叫費拉迪米爾・托斯托夫的爵士音樂世界史。」他以洪亮的聲音說道。

演奏一開始，我的注意力便被站在大理石臺階上的蓋茨比先生吸引住了。所以並沒有認真聽一聽這支曲子到底如何。蓋茨比先生獨自在那兒用滿意的目光掃視著他的客人。他皮膚微黑，臉型消瘦，頭髮因每天都修剪而又短又有型。我並沒發現他有什麼詭秘之處，相反地，在一群因飲了酒而變得失去自持的客人中間，沒有喝酒的他倒越發顯得有氣質了。

樂曲演奏完了，有的姑娘靠著男人的肩頭，有的姑娘甚至調皮地暈倒在男人的懷裏，或直接倒在人群裏，反正總會有人托住她們的。可是蓋茨比先生卻沒有介入任何形式的狂歡。

「很抱歉，打擾一下。」蓋茨比的管家突然在我們身邊說道：「貝克小姐？」他問道，「蓋茨比先生想跟妳談談，可以嗎？」

「我？」她驚奇地問道。

「是的，小姐。」

她驚愕地站起身來，看了看我，然後跟著男管家走了。雖然她穿著晚禮服，但實際上，不論她穿什麼衣服，她都像是穿著運動服一樣，邁著矯健的步子，好像她天生就是在運動場上一樣。

已經快午夜兩點了，只剩下我一個人，一陣嘈雜的聲音從陽臺上一間有很多窗戶的房間裏傳出來，持續了好一會兒。那位男大學生正和兩個舞女談論助產術的問題，還不時徵求我的意見，可我悄悄溜開走到了室內。

大廳裏也滿是人。雙胞胎姐妹的一個正在彈鋼琴。一個身材高大的紅髮歌女正在她旁邊唱歌。由於大量香檳酒的作用，她以一種悲慘的情緒在那裏不合時宜地表演著。她邊唱邊哭，歌聲和著哭聲，眼淚掛在她的兩腮上，但是，因爲眼淚碰到了塗得很濃的睫毛，變成了黑色，就像兩條黑色的小河流過她的臉頰。於是，有人建議她改唱自己臉上的音符。一聽這話，她就雙手一甩，倒在旁邊的大椅子上打起了呼嚕。

「剛才，她跟一個冒充她丈夫的人打了一架。」她身邊的姑娘給我解釋說。

我向四周望了望，大多數的女客們都在跟丈夫吵架。就連喬丹的那一夥人，也不再團結在一塊兒了。其中的一個男子正在興致盎然地和一個年輕的女演員交談，他的妻子一開始裝作大度，報之以微笑，後來再也撐不住了，便時不時地像一條發怒了的響尾蛇一樣，向她嘶叫道：

「妳太不守承諾了！」

並不只有男客們捨不得離開，兩位清醒的男客就陪著兩位帶著怨氣的太太。

兩位太太一邊抱怨又一邊互相同情：

「他總是在我玩得開心的時候催著我回家。」

「天下怎麼會有這麼自私的人！」

「我們每次都是第一個離開。」

「我們又何嘗不是！」

「不過，今晚我們可幾乎是最後了，」其中一個男子低聲說道，「妳瞧，樂隊都離開半個小時了。」

雖然兩位太太對她們丈夫惡毒的行爲難以接受，但還是不得不面對這個事實：兩位太太被抱了起來，經過短短的掙扎，最終都消失在黑暗中了。

我正在等著我的帽子被送來，圖書室的門開了，喬丹和蓋茨比先生走了出來。他還沒說完他的話，就被幾位來和他告別的客人圍住了。他收起原先熱切的神情，顯得有點恭謹。

喬丹那夥人已經開始喊她了，她仍置之不理地和我握手告別：「他剛才告訴我一件非常驚人的事情，」她還有點沒回過神來，小聲地對我說，「我不知道我們在裏邊談了多久？」

「大概一個多小時。」

「真是太令人吃驚了！」她又重複道。「我不該這樣挑起你的興趣的，我已經發過誓不告訴任何人了。」她朝著我打了個呵欠。「有空來看我吧，我的電話在西古奈．霍華德太太——我的姑媽名下……」她邊說邊走遠了，並且向我揮了揮被太陽曬黑了的手，消失在門口。

我爲第一次來就走得這麼晚而感到不好意思，走上去同包圍著他的最後幾位客人一起向他告別。我把我剛來時找他的情形說了一遍，又向他道歉我初次見面時的失禮。

「別介意，」他很誠懇地安慰我，「一點兒關係也沒有，親愛的朋友。」他親熱地用手拍著我的肩膀，遠遠勝過他親熱的稱呼。「記得明天早上九點來陪我試水上飛機啊！」

接著，男管家又出現在他身後。「先生，費城的長途電話。」

「好的，告訴他我就來……各位，晚安。」

「晚安。」

「晚安。」他衝著待到最後才走的我微微一笑，彷彿對我莫名其妙的停留非常滿意。

「晚安，請走好！」

在我走下臺階時，晚會的尾聲還在繼續。大門前五十英尺的地方發生了一個騷亂的場面。十幾輛被堵的汽車開著燈照向那兒。路旁靠右的小溝裏，躺著一輛掉了輪子的小轎車。轎車開出蓋茨比的車道不到兩分鐘，可能是撞到突出來的牆上了。五六個司機在圍觀，他們停下來的車子造成了交通的堵塞。喇叭聲此起彼伏，更增添了混亂的程度。

撞壞了的車子旁邊站著一個穿長風衣的男人，他呆呆地站在那兒，很不解地從車子望到輪胎，又從輪胎望向圍觀者。

「看哪！」他開始解釋，「車子開到溝裏了。」

他驚奇地說出了這個事實，同時我認出，這就是早先在蓋茨比書房裏的那個人。

「怎麼回事？」

他莫名其妙地聳了聳肩。「我可是一點兒機械都不懂。」他很確定地說。

「到底怎麼回事？你怎麼會撞到牆上？」

「這不干我的事，」戴著貓頭鷹眼鏡的傢伙像無事人似的說，「我對開車一無所知，我只知道剛剛發生了這樣的事情。」

「你不會開車，晚上就更不應該開車了！」

「我可是試都沒試過，」他生氣地大嚷。「我連試也沒試！」

這話使旁觀的人更加驚愕。

「你不會想自殺吧？」

「幸虧只掉了一隻輪子，不會開車還連試都不試！」

「你們搞錯了，」被認定有罪的人解釋說，「車並不是我開的，車裏還有一個人。」

一聲聲「噢」，「啊」的震驚聲從人群裏發出來。這時，小轎車的門也慢慢開了，已經擴展了的人群不由向後退了一步。車門在一種可怕的寂靜中敞開。一個臉色煞白、身形不穩的人非常緩慢地從撞壞了的汽車裏露了出來，一隻大舞鞋從車內先探出來，試著在地上踩了幾下。

這位天外來客被汽車的強光刺的睜不開眼，亂七八糟的喇叭聲更使他如墜迷霧之中，他站在那兒定了半天神兒，方認出那個穿風衣的同伴。

「發生了什麼事？」他很鎮定地問，「沒油了嗎？」

「你自己看吧！」

幾個人把脫落的輪胎指給他看，他瞅了瞅車輪，又驚疑地望了望天空，弄不清楚天上怎麼會掉下輪胎。

「你的車輪掉了。」有人給他解釋。

他聽懂似的點點頭。

「一開始我還不知道咱們停住了。」

一會兒，他深吸了一口氣，挺起胸膛，大聲而堅決地問：「誰能告訴我哪裡有加油站？」

幾個稍微比他清醒的人使勁給他解釋，輪子和車子之間發生了什麼可怕的事情。

「倒車，」他花了點時間想出了一個辦法，「用倒車檔！」

「是輪子掉啦！」

他思考了一下子。

「試一試也沒有關係嘛！」他說。

我掉轉身，離開了達到高潮的汽車喇叭奏鳴曲，穿過草地向家走去。月色很好，回頭望去，蓋茨比的別墅映襯著月光，爲夜色增添了幾分嫵媚。歡聲笑語漸漸從光輝燦爛的花園裏隱去了，只有明月依舊。一股巨大而無形的空虛感從敞開的窗戶和門裏流出來，深深地籠罩著這兒的主人，他仍然站在陽臺上，做著重複了無數次的告別手勢。

重讀以上的內容，連我自己都覺得，好像我把所有的注意力都放到了相隔幾個星期的三個夜晚所發生的事情上面了。然而事實上，這些只不過是整個繁忙的夏天的一點瑣事罷了。我對它們的關心程度遠遠比不上對我個人事情的關心程度。

我把大部分時間都用在了工作上，每天早晨，我都沿著紐約城南部高樓大廈之間的白色空道走向正誠信託公司，初升的太陽把我的影子長長地拉向西邊。午飯的時候，我大都和混得很熟的其他辦事員和年輕的債劵推銷員擠在又暗又擁擠的小飯館裏，胡亂地吃上一頓豬肉香腸加馬鈴薯泥什麼的，再喝上一杯咖啡。有段時間，我還和一個住在澤西城的姑娘同居過。她是做會計工作的。後來，我還是結束了這段生活，爲此，他的哥哥差一點兒沒找我算賬。

我的晚飯多數在耶魯俱樂部，總覺得這是我一天中最不好過的時間。之後，我到圖書室去鑽研一個多鐘頭關於投資和證劵的書本。因爲圖書室裏很少受人打擾，便於工作。遇到晴和的好天氣，我還會沿著麥迪遜大道散會兒步，路過古老的默里山飯店，穿過第三十三街，最後到達賓夕法尼亞車站。

我漸漸喜歡上了紐約，喜歡它夜晚的激情奔放，喜歡那川流不息的男男女女以及車輛往來的繁華。我喜歡在第五大道上閒逛，尋找人群中最風流美貌的女郎，幻想著和她們度過一段永遠不會被外人察覺的生活。有時，我會跟著她們走到街道拐角處她們神秘的寓所，目睹了她們的回眸一笑，又目送她們消失在門後。

在大都市這令人迷醉的黃昏裏，我有時會莫名地被一陣寂寞所席捲，然而，這種感覺也會讓我在那些徘徊在櫥窗前窮困的青年小職員身上發現，他們似乎比我還要淒涼，黃昏時獨自上小飯館吃一頓，然後在虛度中消遣著生活中這令人陶醉的夜晚時光。

有時，在晚上八點多鐘，四十幾號街的附近會擠滿前往戲院院區的出租汽車，看到此情此景，總會觸動我的惆悵之感。在路口暫停的出租汽車裏，人們互相偎依著，有悄聲的細語，也有大聲的歡笑，燃著的香煙擴散著一個又一個模糊的藍圈。我放飛自己的想像，彷彿也在和他們一同去尋歡作樂，分享內心的激動和興奮。但，我只能在內心裏默默爲他們祝福。

好長一段時間我都沒見到喬丹•貝克。後來在仲夏的時候，我又碰到了她。開始，我爲能陪她一起到各處去而感到很榮幸。畢竟，她是高爾夫球冠軍，很多人都認識她。後來，另外一種感情慢慢滋生了。雖然不是愛情，卻有一種溫柔的吸引力吸引著我。她對世人，老是擺出一副不耐煩的、高傲的面孔。後來我才發現，她的裝模作樣只不過是爲了掩藏某些東西，而且，我知道她要掩藏的是什麼。

有次，我們兩人去沃維克參加一次別墅聚會，她沒拉上車篷就把借來的車子停在雨裏，然後刻意地撒了個謊。這件事使我一下子想起了那天晚上在黛西家沒想起來的事。她第一次參加一個重大的高爾夫錦標賽時，曾惹發過一場很大的風波。有人說她在半決賽中移動過球的壞位置。後來，事件之所以平息是因爲那人收回了原話，見證人說那是自己搞錯了。而這個事件和她的名字卻給了我很深的印象。

喬丹・貝克出於本能，總是避免和過分聰明的男人相處。我明白這是因爲她認爲在一個對越軌行爲不敏感的圈子裏活動比較有安全感。她幾乎事事都撒謊，不甘心處於不利地位，我推測，她可能從很早的時候就學會了世俗的各種花招手段，這樣，既使她獲得了成功，又使她和世人保持著嚴格的距離。

我覺得一切都無所謂，女人撒謊並不是什麼大不了的事，有時我也會稍感遺憾，但我隨即又會忘掉。同樣是在那次別墅聚會的時候，她從一個工人的身旁開過，車身碰著了那人的鈕釦，差一點就把他撞倒了。

我對她說：「妳的技術不太高明，妳應該用心開，要不還不如不開呢！」

「我很用心開！」

「不，妳沒用心。」

「沒關係的，別人用心就行了。」她輕鬆地說。

「這跟妳開車是兩碼事。」

「但他們會躲開我，」她堅持道，「車禍又不是一方面就可以造成的。」

「萬一妳碰到一個和妳一樣的人呢？」

「我可不希望我能碰到。」她答道，「我非常討厭粗心的人。這就是我爲什麼對你有好感的原因。」

她灰色的眼睛因爲太陽的照射而微微瞇著，盯著筆直的前方。她有意歪曲我們的關係，幾乎使我認爲我愛上了她。但由於我反應遲緩，而且思想受著很大的束縛，抑制了我內心點燃的情欲。同時，我還在思量著如何擺脫家鄉的那件麻煩事。雖然我每星期都在信的末尾簽上「愛妳的尼克」，而在我腦海中浮現的卻是那位小姐打網球時，上唇邊就會出現一溜汗珠的樣子。不過，不管怎麼樣，我們之間曾經有過一種無形的契約，只有在解除它之後，我才可以重獲自由。

每個人在品德上都有他自認爲的美好的一面，對於我來說是這樣的：我是我所認識的、爲數不多的誠實人之一。

第四章　前塵

社會上的男女客人又在星期天早晨，教堂鐘聲響徹四周的時候，重新回到了蓋茨比的別墅，開始了周末的狂歡。

「他原來是酒販子，」那些品嘗著他的雞尾酒，穿梭在他的花園之間的女人們在悄悄議論著，「他曾殺過一個人，那人打聽到德國元帥興登堡是他叔叔，……幫我搞朵玫瑰花，親愛的，再往那只杯子裏給我添點酒。」

我曾在一張列車時刻表的空白處寫下那個夏天所有到過蓋茨比公寓的客人名字。那張時刻表現在已經很舊了，折疊的地方已快要裂開了，上面還印著「自一九二二年七月五日起本表生效。」那些已變淡的字跡依稀可辨。這些客人全都對蓋茨比一無所知，這也不失爲一種對他的特殊的敬意。

名單上，屬於東卵的有：切斯特・貝克夫婦、利奇夫婦、一個我認識的姓本森的先生，還有去年夏天淹死於緬因州的韋伯斯特・斯維特大夫。此外，還有霍恩比姆夫婦、伏爾泰夫婦及布蘭克巴克一家人，他們總是傲慢地聚在角落裏自成一派。還有伊斯梅夫婦、克里斯蒂夫婦（說成是休伯特・奧爾巴哈與克斯蒂的妻子更準確一些）和埃德加・比弗，他的頭髮在一個冬天的下午全都變白了。

在我的記憶中，克拉倫斯・恩狄是東卵的。他當時穿著一條白色燈籠褲，在唯一來過的一次裏，就在花園裏跟一個姓艾蒂的無賴打了一架。齊德勒夫婦、斯雷德夫婦、亞伯拉姆夫婦，以及菲希加德夫婦和斯奈爾夫婦——他們是從島上更遠的地方來的。斯奈爾在蹲監獄的前三天還來這兒喝了個爛醉，躺在車道上被斯威特太太開著汽車壓傷了右手。丹賽夫婦，年近七十的懷特貝特、漢姆海德夫婦、做煙草買賣的貝洛及他的幾個女兒也都來過。

以下的人都來自西卵：波爾夫婦、馬爾雷德夫婦、羅伯克、尙恩、做州議員的古利克，卓越影片公司的總出資人奧基德、艾克豪斯特、科恩、施沃茲、麥加蒂，這些人都跟電影界有關聯。普特利普夫婦、班姆保夫婦、馬爾頓，也即後來那個親手勒死自己妻子的姓馬爾頓的人的兄弟。做投機生意的馮坦諾。還有來賭錢的萊格羅、菲來特、德瓊夫婦和歐內斯特・利里。菲來特一走進花園便會輸得精光而出，而第二天聯合運輸公司的股票也會隨之發生漲落。

要說在那兒待得時間最長、次數最多的，是一個姓克利普斯普林格的男子，簡直可以被叫做「長住戶」了。因爲也許他根本就沒有別的家。

還有威茲、奧多諾萬、邁爾、德克維德和布林，他們都是戲劇界人士，其中的克羅夫婦、貝克海森夫婦、貝蒂、科雷根夫婦、凱利赫夫婦、杜厄夫婦、斯科里夫婦、貝爾丘夫婦、斯默克夫婦、現已離婚了的小奎因夫婦和帕默多都是從紐約來的。

班尼・麥克萊納亨每次來都帶著四個姑娘，她們雖然看上去每次都相同，而事實各次都不同。她們的名字大概是傑奎恩，要不應該是康舍愛娜，或者是克洛麗亞、茱迪、瓊什麼的。總之，她們的姓不是好聽的花名、月份名，便是美國赫赫有名的姓氏，遇到有人詢問他們之間的聯繫，她們也會毫不謙虛地肯定這一點。

在我腦海中，還有另外一些人曾經來過。奧布萊恩、達貝克姐妹，在戰場上被槍彈打掉鼻子的小布魯爾、未婚夫妻阿爾布魯克斯堡先生和海格小姐、費茲皮特夫婦和朱厄特，後者曾做過美國復員軍人協會主席，一位被公稱爲公爵，現在已經被我忘掉名字的某位親王。

那年夏天，在蓋茨比的別墅裏曾招待過以上所有的人。蓋茨比第一次親自來拜訪我，是在七月末的一個早晨，那天早上九點鐘，他的高級轎車停到了我的門口，它那與眾不同的喇叭發出一陣好聽的聲音。在這之前，我們已經接觸過好幾次了。我參加過他兩次宴會，乘過他的水上飛機，還借用過他的海灘。他還是一如既往地慷慨熱情。

「早上好，我的朋友，我們可以同車去城裏，然後一同吃午飯。」

他站在車上的姿勢給人一種輕盈的靈活感，一看就具有典型的美國人的特質。這一方面是由於他從沒做過繁重的體力活，另一方面也是運動的結果。蓋茨比看上去有點好動不好靜，總是或用腳或用手在輕輕地打著節拍。

我用讚賞的目光看著他的車，他讀懂了我的目光，便從車上跳下來說：

「漂亮吧?你以前難道沒見過它嗎?」

我怎麼會沒看到過?那高雅的奶油色車身、鍍鎳處還泛著銀光,車很大,車子的裏邊更是另一番天地,各種裝置很齊備,連擋風玻璃都有好幾層,把太陽折射了一遍又一遍,使車廂溫暖異常。

我們坐在車廂裏,向城裏上路了。

過去的幾次接觸,使我遺憾地發現他並不怎麼健談。他留在我腦中的神秘印象也逐漸隱退了。我開始只把他當作一個普通的、經營著一家豪奢的郊外飯店卻不收客人餐費的老闆。

那次同車之行總的來說氣氛有些尷尬。車子快到西卵鎮時,蓋茨比開始有些欲言又止。

「我說,我的朋友,你能不能說說你對我的真實看法?」他突然大聲地說。

我一時間找不到合適的措辭,便用一些沒有實際意義的話來打發他。

「我可以先給你講講我的身世,」他打斷我,說道:「我不希望你把聽到的閒話施加在我的身上。」

原來他對那些荒誕的流言蜚語並非一無所知。「上帝可以證明我說的一字不假,」他伸出右手很莊重地說,「我的家原來在中西部,很富有。可是家人都已經去世了。在牛津受教育是我們家的傳統,所以,雖然我在美國出生,卻是在英國牛津受的教育。」

他邊說邊斜望了我一眼,把「在英國牛津受的教育」很巧妙地一帶而過,但我總覺得他是在故作自然，這使我想起了喬丹對這一事實的懷疑。抓住了他言語中的這一點，他所說的全部也就開始打折扣了。

「您的家鄉是在中西部哪兒？」我沒話找話。

「舊金山。」

「哦！」

「因爲家人都去世了，所以全部財產都由我繼承。」

這一沈痛的話題使他的聲調變得很嚴肅，我謹慎地看了他一眼，確信他並不是在捉弄我。

「從此，我就去了歐洲各國的首都：巴黎、威尼斯、羅馬。我像一個年輕的東方王公，收藏珠寶、打打獵、畫一些畫兒，一方面是爲了消遣時光，另一方面是想忘掉一件給我沈痛創傷的往事。」

他的話爲我勾勒出了一幅非常可笑的情景，我彷彿看到一個木頭傀儡裹著方頭巾，一面在布龍公園裏追趕兇猛的老虎，一面從身體上被鑿開的地方往外撒著木屑。這個幻想的情景幾乎使我忍俊不禁，好一會才平息了內心的滑稽感。

「很巧的是，戰爭開始了。我在戰爭中根本就不顧及自己的生命，希望自己能一死百了。可命運卻偏偏不讓我如願。一開始，我擔任中尉，在阿貢森林戰役中，由我帶領殘餘部隊的機槍營進行抵抗，由於地形關係，步兵無法進行支援，結果我們十六挺路易斯式機槍在那兒苦撐了兩天兩夜。後來，根據開來的步兵所進行的搜查，我們竟然曾與三個德國師對抗！因此，我被升爲少校，並且陸續收到多個同盟國發給我的勳章，你可能想像不到連亞德里亞海上那個小小的門的內哥羅也送來了勳章！」

「小小的門的內哥羅」幾個字被他生動的話語啓動了一樣，從他的興奮中，你可以一下子洞悉他是瞭解門的內羅哥動亂的歷史的，並且他真誠地欽佩那裏英勇的人民，只有被一個人深刻瞭解了的事物，才有可能如此生動地打動一個人的熱情，使他發出由衷的頌揚！此時的我已經由懷疑變爲十二萬分的驚歎了，彷彿在匆忙之中接受了大多不可思議的內容。

他從口袋裏掏出一塊用絲帶繫著的金屬片，遞給我，並對我說：

「這是門的內哥羅送我的那塊。」

我仔細端詳著，上面刻有：「丹尼羅勳章」，周圍是：門的內哥羅國王尼古拉斯。看樣子很像是真的，這使我非常吃驚。

「再看看背面。」

「傑伊・蓋茨比少校。」我邊看邊讀「超人的勇士」。

「我還隨身帶著我在牛津讀書時的紀念品，你可以看看——是一張在三一學院校園裏拍的照片，在我左邊的這個是唐卡斯特伯爵。」

相片的背景是一條拱廊，以許多的塔尖作爲遠景，上面是五六個穿著運動服的年輕人。當然，蓋茨比就在其中，略顯得比現在年輕，手裏還拿著一根板球棒。

照此看來，他好像並沒有在說謊，又一幅幻想情景展現在我眼前：一張張色彩明麗的老虎皮掛在他大運河旁宮殿的牆上，一箱打開的紅寶石放在那兒，閃爍的紅光中掩映著他那顆傷痕累累的心。

「我想請你幫我一下大忙，」他一邊帶著達到目的後滿意的神情，一邊說，「所以，我希望你能夠很客觀地瞭解我，我這個人沒有固定的居所，總是在不斷地漂泊，總是和陌生人打交道。」他想了想之後，又說，「至於那件令我傷心的往事，你今天下午就可以聽到了。」

「難道是在午餐桌上嗎？」

「不，是下午，我知道你約了貝克小姐喝下午茶。」

「你不會是愛上貝克小姐了吧？」

「不，你誤會了，我只是拜託貝克小姐來幫我跟你談這件事。」

我被搞暈了，對將要發生的事並不感興趣，甚至還有點悶悶不樂。難道我是爲了談蓋茨比先生的事才請貝克小姐喝茶的嗎？而且，我推測，肯定不會是什麼好事，我在某一時刻還後悔當初爲什麼要跟蓋茨比有來往。

接下來，我們倆都陷入了沈默。

車子經過羅斯福港的時候，我看到一艘船身塗著紅漆的遠洋輪船，接著又經過貧民區的石子路，路的兩旁排列著缺乏時代氣息卻仍有人光顧的酒吧。路過灰燼之谷時，我恰巧看到威爾遜太太正在賣力地爲顧客加油。

汽車飛速前行，路過只是半個阿斯托里亞地區時，我們還引起了不小的轟動。因爲正當我們繞行在高架鐵路的支柱中間時，一名氣急敗壞的警察騎著輛摩托車出現在我們旁邊。

「得了吧，朋友！」蓋茨比喊道，他放慢速度，從皮夾中挑出一張白卡片，給警察看了看。

「好了，您請！」警察顯示出一臉的誠惶誠恐、敬了個禮，「下次我會認識您的，蓋茨比先生。打擾了！」

「您使用的不會是牛津相片吧？」我問道。

「警察局長爲答謝我的一次幫忙，每年都會寄一張聖誕卡給我。」

潔淨的陽光從大橋的鋼架中穿過來，閃爍在川流不息的車背上，放眼望去，滿眼都是林立的高樓，像一堆堆缺乏生氣的糖塊，但這些建築都是出重資修建起來的。皇后大橋是這座城市最佳的觀賞位置，每次觀看都是一樣地新鮮，一樣地引人入勝，永遠散發出不可抗拒的、美麗和神秘的光環。

一輛靈車從我們旁邊駛過，兩輛拉著遮簾的馬車跟在後面，再後邊是載著親友的輕便馬車。我看到親友們的憂傷的眼睛和不太寬的上唇——他們也在向我們看過來，由此我判斷，他們可能是東部或者南部歐洲的。我想，能夠在瀰漫著不幸的出喪車隊中看到蓋茨比的車是比較幸運的。

在大橋經過布萊克威爾島時，一輛白人開的大型轎車超過了我們，車裏還坐著兩男一女三個時髦的黑人。他們超過我們時那種彷彿是獲得勝利的、既傲慢又可笑的神氣，把我逗笑了。

「過了這座橋，可能會發生任何出乎意料的事情……」我暗自想道。

因此，以蓋茨比這種人物的發現，根本用不著大驚小怪。我和蓋茨比說好中午在四十二街的一家地下餐廳裏一起用餐，中午非常熱，餐廳裏電扇都大開著。我適應了地下室的陰暗環境後，在休息室裏辨認出了蓋茨比先生，他和另外一人在一起。

「你好，卡羅威先生，介紹你認識我的朋友沃爾山姆先生。」那人是一個矮小的猶太人，他在打量我的同時我也在打量他；塌鼻子，鼻孔裏長著兩撮很濃的毛，眼睛小到費半天勁兒才能在昏暗的光線中發現。

「……我只掃了他一眼。」沃爾山姆先生在和我握手的同時仍不放棄交談，「之後，你猜我怎麼幹的？」

「怎麼幹的？」我認爲這樣問一下才有禮貌。

然後我發現他並不是在問我，因爲他在放開我的手後，就把他的鼻子重新對準了蓋茨比。

「我把錢交給凱茲保，並對他說：『照我的話做，如果他還不住嘴，就別想得到一分錢。』他馬上就住嘴了。」

蓋茨比走在中間，一隻胳膊拉著一個人，把我們領進餐廳。沃爾山姆馬上忘了他正在說話，一句不發地露出癡迷的神情。

「薑汁威士忌要嗎？」侍者領班問道。

「這家館子很好，」沃爾山姆先生盯著天花板上的美女說道，「不過，馬路對面的那家更好！」

「好吧，就要幾杯薑汁威士忌。」蓋茨比回答了侍者，又對那位猶太人說，「那邊太熱。」

「對，又熱又小，但卻可以找到回憶。」沃爾山姆先生說。

「那家館子叫什麼名字？」我問道。

「老大都會。」

「是的，老大都會！很多如今已經不在人間的朋友都曾在那裏聚集過，」沃爾山姆先生用憂傷的語調回憶著，「我永生都不會忘記那個晚上，他們開槍打死了羅西•羅森塔爾。我們六個人吃喝了一晚上，天快亮時，有人找他到外邊說話。我拉住馬上要出去的他，『羅西，你無論如何都不能離開這裏，讓那些雜種來找你好了，』那時，窗簾外的天空已經開始發亮了，大概到清晨四點了。」

「他有沒有出去？」我問了一句很傻的話。

「不去就好了。」他氣呼呼地向我掀了掀鼻子，「臨走，他還囑咐我們留著他的咖啡，結果他被人在肚皮上打了三槍，再也沒有回來。」

「其中四個人坐了電椅。」我突然想了起來。

「加上貝克共五個。」他總算對我感了點興趣，把鼻孔轉向了我。「聽說你正在找關係做生意？」

他把不相關的兩句話連在一起，嚇了我一大跳。

蓋茨比搶著回答說：「不，你搞錯了，這不是那個人。」他大聲說。

「哦！」沃爾山姆似乎有點兒失望。

「我不是告訴你那件事改天再聊麼？這位只是簡單的朋友。」

「很抱歉，我弄錯了。」沃爾山姆先生說。

沃爾山姆先生關於老大都會溫情的回憶，隨著一盤肉丁烤菜的降臨而飛到了九霄雲外，開始有節制地大吃起來。他的兩隻小眼不肯停歇地巡視著整個餐廳，連背後他也不放過。或許，沒有我在場，他還會瞧一瞧桌子底下。

蓋茨比側過頭對我說：「我說，今天早晨在車子裏，你一定感到不高興了吧！」

他臉上的笑容再也不能使我產生初次見到時的那種感覺。

「你知道，我不喜歡別人故弄玄虛，」我說，「我弄不明白你爲什麼不直接把要告訴我的事情講出來，爲什麼又要貝克小姐介入？」

「這決不是什麼見不得人的事，」他說，「貝克小姐是位知名的運動家，你應該絕對相信她。」

正說著，他突然看了看表，急匆匆地離開餐廳，留下我們兩個。

沃爾山姆先生一邊看他走遠一邊向我解釋說：「他去打個電話。哎！真是個好人，既有外表又有人品，你覺得呢？」

「的確。」

「他是牛津出身的。」

「哦？」

「你知道，英國的牛津大學！他曾在那兒待過。」

「我有所耳聞。」

「那可是全世界數一數二的大學！」

「你認識蓋茨比多久了？」

「有好幾年了，」他很驕傲地說。「我們是很偶然地相識的，那時剛打完仗，只聊了一個多小時，他的人品就深深地吸引了我。我的內心告訴我，這個人絕對值得信賴。」他略作停頓，「你在看我的袖釦，是嗎？」

其實我並沒看，現在倒不得不看了。它們好像是象牙製品，但非常眼熟。

「這可是真的臼齒經過精心挑選後製成的。」

「是嗎？」我看得更加仔細，「可真想得出來。」

「是的，」他縮回了他的袖口。「是的，蓋茨比先生從不拈花惹草，非常正派。」

當沃爾山姆絕對信賴的對象回來時，他馬上喝乾自己的咖啡，站了起來。

「我享用了一頓美妙的午餐，」他說，「現在，我得知趣點兒離開你們兩個年輕人啦。」

「別忙著走，沃爾。」蓋茨比並不熱情地挽留道。

沃爾山姆禮貌性地舉起手，說：「你們是很棒的年輕人，可惜我已不再年輕了。」他換了正經的語調，「你們有你們年輕人的話題，而我已經五十歲了，就不加入你們了。」

他和我們握了握手就轉身走了，他那能表露憂傷的鼻子又在輕顫，我懷疑是我哪句話傷了他的心。

「他極易感傷，今天就是這樣。他在紐約還是個人物，百老匯是他的地盤。」

「他是幹什麼的？演員？」

「不是的。」

「牙醫？」

「他？哦不，只是賭徒。」蓋茨比略有猶疑，隨即又很自然了，加了一句，「一九一九年非法操縱世界棒球聯賽的就是他。」

「啊？」我懷疑我是否聽錯了。

「非法操縱世界棒球聯賽」，太令我震驚了。我當然記得這個事實，但它離我那麼遙遠，僅僅是一件發生了的事而已。我從未想過一個人可以如此專心致志地愚弄五千萬人。

「他居然幹得了這個？」大約一分鐘以後我才回過神來。

「是的，他獲得了很好的機會。」

「他爲什麼沒有蹲監獄？」

「他太精明了，他們根本逮不住他。」

賬最後是我搶著付了，在服務員給我找錢時，我在餐廳的另一邊看到了湯姆・布坎農。

「先到這邊來一下，」我說，「我看到一個熟人。」

看到我，湯姆驚喜地向前跑了幾步。

「嗨！你跑哪兒去了？」他說話的語氣很急，「也不打個電話來，黛西快給你氣死了！」

「蓋茨比先生、布坎農先生。」我介紹道。

他們禮貌性地握了握手，蓋茨比的表情突然變得很尷尬，很不自然。

「最近還好嗎？」湯姆問我，「怎麼到這麼遠的地方來吃飯。」

了。

「我和蓋茨比先生在這兒吃午飯，順便談點兒事。」當我轉過身時，發現蓋茨比已經不見

一九一七年十月的一天（**喬丹・貝克說。她當時正在廣場飯店茶室裏那張極硬的椅子上挺直地坐著**），我正跨過人行道和草坪的交接處，走向另一個地方。當時，我穿著一雙鞋底上有橡皮疙瘩的英國鞋，以及一條新的方格呢裙子。這種鞋子在草坪上走起路來非常舒服，而我的裙子總會在微風吹來時輕輕揚起，每當此時，所有人家門前插的三色旗也都挺立起來，發出有力的嘖嘖聲，一副傲慢的神態。

黛西・費伊家無論是旗子還是草坪都是最大的。她比我大兩歲，剛滿十八，是路易斯維爾最惹人注目的姑娘。她喜歡白色，跑車是白的，衣服也是白的。那天，她總是有聽不完的電話，泰勒營的青年軍官們都希望那晚能站在她身旁。

「至少，讓我陪妳一個小時行嗎？」那天早晨我路過她們家門口時，看見他和一位我很陌生的中尉坐在她的白色跑車裏。他們倆聊得很投入，直到我走的很近她才看見我。

「嗨，喬丹，」她喊道，「過來一下好嗎？」

我很高興她有話對我說，因爲我很崇拜她。她先問我是不是要去紅十字會做繃帶，然後要我轉告一下她今天不能去了。在黛西說話的過程中，那位軍官的目光一直沒有離開她。這個浪

漫的情節直到現在還保留在我的記憶中，因爲這種眼神是每個姑娘都渴望得到的。那位軍官的名字叫傑伊・蓋茨比，此後，四年多過去了，我再也沒見過他。後來，我在長島遇見他，我也沒能把二者聯繫起來。

這些都是一九一七年那一年發生的事了。第二年開始，黛西與我就見面不多了，因爲那時我不但有了幾個與我相交頗深的男朋友，而且參加比賽已經成了我生活中的重要的一部分。從那以後，如果黛西還在和一些人交往的話，那據我猜測，應該是一些比我的年紀要大一些的人。並且，我還聽到許多關於她的謠言，那些謠言都是講她有多麼荒唐的，我聽別人說，在一個寒冷的冬天的深夜，黛西正在悄悄地收拾行李，據說，她要去紐約跟一個將要離開祖國到海外去打仗的軍人告別。但是黛西的計劃沒有成功，她的行爲被她的母親發現了，於是她的家人阻止了她，沒有讓她做出荒唐的事來。但是自從發生這件不愉快的事以後，她有好幾個星期的時間不與家人交談。從此以後，黛西與留在城裏的因爲平腳或近視而不能參軍的人來往密切起來，她不再讓軍人在她的生活圈子裏出現了。

這件事發生後的第二年秋天，黛西又像沒出事以前一樣了，她又在社交界活躍起來。戰爭結束以後，黛西參加了一次爲第一次進入社交界而舉辦的舞會，我聽別人說在二月裏她訂了婚，未婚夫是新奧爾良市人，可是沒過多久，在六月裏與她結婚的卻是來自芝加哥的湯姆・布坎農，在路易斯維爾的人們所見過的最隆重豪華的婚禮就是黛西的婚禮了，在此之前，人們從未見過如此大的婚禮排場。湯姆・布坎農包了四節包車與一百位客人一起南下，來到路易斯維爾。莫爾巴赫飯店的一層樓都被租下來供他們住宿，湯姆還在舉行婚禮的前一天送給了黛西一串珍珠，大概值三十五萬美元。

很榮幸我是黛西的伴娘之一。宴會還有半個小時就要開始了，那是在婚禮前夕爲送別新娘而舉行的。我走進黛西的房間，卻吃驚地發現黛西穿著漂亮的繡花衣裳，躺在床上，她美麗如花，華貴而不濃豔，可是她卻喝得爛醉，像不懂事的猴子一樣，卻還一隻手裏拿著一瓶酒，一隻手裏握著一封信。

「祝……祝福我，」她含混地低聲說著，「我從來沒……有喝過……酒，可是，今天我……喝得真痛快。」

「發生什麼事了，黛西？」我害怕地問道。

我當時真的嚇壞了，我不知怎麼辦，我從來沒見過一個女孩子醉成那個樣子，可怕極了。

「唉，寶貝。」字紙簍被拿到床上，她在裏面一頓亂摸，把那串價值連城的珍珠項鍊掏了出來。對我說：「妳把這個拿下去，誰給的就還給誰，而且跟所有人說，說我改變主意了。說『黛西改變主意了！』」

說完她趴在床上哭了起來，她哭個不停，怎麼也止不住，我無計可施，只好出去找她母親的貼身侍女，我們倆人把門鎖好，給黛西洗個冷水澡。

我們要把信拿走，可是她怎麼也不肯鬆手，我們只好讓她把信一直帶進浴盆裏去，捏成了濕漉漉的一團，等到信碎得一片一片不成樣子，她才讓我拿走。儘管這樣，她還是一句話也不說。我們倆人一面試著讓她聞醒腦劑，一面把冰塊放在她的腦門上，用各種方法讓她清醒，並且又幫她穿好禮服。半個小時後，等我們一起走出房間時，這場沒有其他人知道的風波已經過去了，因為那串珍珠項鍊正安靜地掛在黛西的脖子上。

第二天下午五點鐘，她跟湯姆・布坎農結婚的時候，絲毫看不出昨天曾發生過什麼。結婚後，新婚夫婦去南太平洋作了幾個月的新婚旅行。在他們旅行回來以後，在聖巴巴拉我遇到了他們，我從未見過一個女孩子像黛西那樣迷戀丈夫。就連湯姆離開房間一下，她都會緊張不安地四處尋找丈夫的身影，還一邊咕噥著說：「湯姆幹什麼去了？」直到看見湯姆出現在她的視野裏，她才安下心來。

她經常坐在沙發上很長時間，把湯姆的頭放在她的膝蓋上，在看著他的時候，眼睛裏充滿無限柔情，而且還輕輕地、慢慢地給他的眼睛按摩。如果你看見他們倆在一起的情景，這樣的柔情蜜意，你就不能不被他們感動，會心一笑。這些都是八月裏發生的事了。

有一天晚上，湯姆在凡特拉公路上開車時與一輛貨車相撞，車的一隻前輪被撞掉了。和他一起乘車的是聖巴巴拉飯店裏的一個收拾房間的女傭人，那個女傭的胳膊被撞斷，因此他們倆都上了報紙，這是我離開聖巴巴拉一個禮拜以後發生的事。

他們結婚後的第二年四月，他們的小女兒誕生了，他們的生活一直漂泊不定，他們在法國待了一年，後來我又在春天的坎城遇見他們，接著他們又去了多維爾，不過最後他們還是回芝加哥定居了。

在芝加哥，黛西可是占盡風頭，這我不說你也知道。和黛西他們交往的人大都是不僅有錢而且年輕，生活不嚴謹的人。他們在一起花天酒地無所不爲，可是黛西的名聲出奇得好，她總是清清白白的，好像蓮花，出污泥而不染。這也許與她不喝酒有一定關係吧。如果一個人生活在一群愛喝酒的人中間，而自己卻不喝，那這是一件很佔便宜的事。你可以什麼都不會說出來，也就不會被別人知道，並且，假如你想搞點小動作，那麼你可以選擇恰當的時機，在別人喝酒喝到爛醉如泥，什麼也看不見或者根本不理會的時候，這是最好的時機。也許黛西從未搞過婚外情，但是從她的聲音裏總聽出讓人覺得有一點特別。

就在差不多六個星期以前，蓋茨比這個名字，在她的生活中消失了多年以後，又再一次出現在她的生活中，你應該記得，就是那次我問你，西卵的蓋茨比你認識嗎？你一回家，她就跑到我的房間裏來叫醒我，著急地問我：「那個姓蓋茨比的長得什麼樣子？」

我睡得朦朦朧朧的，給她描繪了一下蓋茨比的樣子，黛西用一種極不正常的聲音說，這個蓋茨比一定是她認識的那個蓋茨比，不會是旁人。一直到那時，我才把現在這個蓋茨比和當年那個坐她白跑車的軍官掛上勾。

喬丹・貝克講完上述事情時，距我們離開廣場飯店，半個小時已飛快過去了，我們兩個人坐在一輛敞篷的馬車裏說著話，在中央公園時穿過西城五十幾街，那一帶是一群豪華的公寓大樓，那是電影明星們居住的地方，夕陽在那高大的樓房後面射出餘暉。在這黃昏時刻，孩子們聚集在草地上，有點像草地上的蟋蟀，在這異常悶熱的黃昏，他們發出的歌聲格外清脆，他們正在天真機械地唱：

我是阿拉伯的酋長，妳的愛長在我心房。今夜當妳睡得正香，我將爬進妳的篷帳——

「這真是天大的巧合。」我說。

「可是，這絕不是什麼巧合。」喬丹反駁道。

「爲什麼？」我又反問。

「蓋茨比就是因爲這座房子與黛西的住所隔水相對，才買下它的。」喬丹回答我說。

這樣一說，我才恍然大悟，在那個十月裏的夜晚，他所嚮往的不僅僅是天上的繁星，還有那對岸的人間燈火。蓋茨比此刻不再是一個沒有目的的追求豪華的人了，他從那豪華的子宮裏分娩了出來，在我的眼裏，他從此有了生命，是一個活生生，充滿七情六欲的人了。

喬丹接著說道：「如果你方便的話，他很想讓你在某一天的下午，把黛西請到你的房子裏去，讓他能過來拜訪一下，見一見黛西。」

聽到喬丹這番話，我震驚了，就爲了這麼一個小小的要求，蓋茨比居然爲它苦苦等了五年，還花鉅資買了這座大別墅，這麼多年空空地等待，只是爲了在某天下午到別人的房子裏去坐坐，只爲了在那裏能見到多年前的情人！

「難道，就爲了託我辦這點微不足道的小事，他必須讓我明白事情的來龍去脈嗎？」我好奇地問喬丹。

喬丹說：「他實在是等的時間太久了，他害怕失敗，他怕你會生氣不同意這樣做，雖然是這樣，但蓋茨比先生還是很堅強的。」

我還是不放心喬丹的解釋，我接著問她：「他爲何不讓妳爲他們安排見面的機會呢？」

「因爲他想讓黛西參觀他的別墅，碰巧得很，你恰巧是蓋茨比的近鄰。」她對我解釋道。

「噢！」我應了一聲，我終於弄清楚了。

喬丹繼續往下說：「我猜想，大概是他想或許某一天晚上黛西會從天而降，去參加他的晚會，可是令他失望的是，黛西從未在他的晚會上出現，所以後來他就經常問別人誰認識她，除我以外，他問的其餘的人都沒有認識她的。事情發生在那晚舞會上，他派人去請我，你沒聽到他那樣大費周折，費盡心思地轉到正題的談話，我一聽事情的原委，立刻建議兩人在紐約吃一頓午餐，見個面。可是聽到這個建議，他卻非常著急，說，『我不做這樣的事！』他一再堅持說，『我只想在隔壁見到她。』後來，當我說起你是湯姆的好朋友時，這個原因曾經使他想打消這個主意。儘管他爲了偶爾看見黛西這個名字，好幾年除了一份芝加哥報紙外，他什麼也不看，因此他不瞭解湯姆的情況。」

當我們的馬車走到小橋下面時，天已經暗了下來，我用胳膊摟住喬丹美麗的肩膀，把她拉到我的身邊來，請求與她共進晚餐。就在這一刹那，黛西與蓋茨比已不在我的腦子裏了，我想的只是眼前這個既乾淨又結實，而且不是絕頂聰明的人，她佔據了我的思維。她不相信世間的一切，她舒服地靠在我的胳膊上。我的耳朵邊上直響著「世界上只有被追求者和追求者，正在忙碌的人和已經忙碌過了的人」這一警告。

「黛西的生活也需要安慰。」喬丹低聲對我說。

「可是，她樂意見到蓋茨比先生嗎？」我問道。

「你只請她來喝茶，蓋茨比不想讓她事先知道。」喬丹回答道。

我們的馬車穿過一排夜裏顯得黑暗、幽深的樹，進入了燈光照射下的公園裏，那是一片五十九街上高樓裏的光。我沒有情人，所以我不同於蓋茨比和湯姆•布坎農，沒有情人的倩影在我眼前飄動，所以，我把身邊這個真實的女孩子拉得更近了，也摟得更緊了。她不但不生氣，反而笑了，我順勢把她拉過來，直到貼著我的臉。

第五章　重遇初戀情人

深夜，當我回到西卯的時候，都半夜兩點鐘了，半島的那一角，被照得亮如白晝，灌木叢在光的照射下像是人工做的，路旁的電線映出一條條細細的光，以至於我以爲我的房子失了火。走近我才看清楚，之所以這麼亮，是因爲蓋茨比的別墅，從上到下所有的燈都打開了。開始我以爲這又是在搞一次狂歡晚會，爲方便大家玩捉迷藏式「罐頭沙丁魚」這一類的遊戲，打開了整棟別墅。可是走近了，卻出乎意料，別墅格外寂靜，只有風吹到樹林的聲音和電線晃動的聲音，電燈在風中搖搖晃晃，就像是黑暗中的眼睛，一張一合，忽明忽暗。

計程車一開走，我就看到蓋茨比經過他的草坪向我走了過來。我對他說：「你家現在看上去與世界博覽會沒什麼兩樣。」

他慢慢地回過頭去看了一下說：「是嗎？這是因爲我剛才在幾個房間裏看了一下，朋友，搭我的車，我們現在去康尼島玩玩好嗎？」

「對不起，我不想去，現在不早了。」我回答道。

蓋茨比接著又建議說：「到游泳池裏泡一下好嗎？我一夏天都沒有在裏面泡過。」

我說：「我太累了，我必須去睡覺了。」

「那好吧。」蓋茨比沒再勉強我。可是他還在眼巴巴地看著我，他在等我開口。

沈默了一下，我才說：「貝克小姐已經把事情都說了，我明天就給黛西打電話，請她下午來家喝茶。」

他聽完並不是很在意地對我說：「嗯，就這樣吧，但願我沒有給您添麻煩。」

「那麼，哪天對您比較好呢？」我問道。

他立刻糾正了我的話，他強調說：「是哪天對您比較好，我想讓您清楚，我不樂意給您添任何麻煩。」

他想了一會兒，好不容易才說出來：「我想找人先把草地修整一下。」說完，我們兩個人都同時低下頭看草地，兩塊草地有一條很清晰的分界線，一邊是我的奇亂無邊的草地，一邊是他那修剪齊整，管理有序的墨綠色草坪。兩邊形成鮮明對比，我覺得他是要修整我的草地。

「此外，還有一件小事，」他語調模糊不清，接著他又猶豫了一會兒，顯然是不知怎麼說才好。

於是我問道：「你是不是想再拖幾天？」

「不，這事跟那個沒有什麼關係，」他否認道，「至少……唉，我想……呃我是說，朋友，你的薪水不高，對吧？」就這麼一個問題，他居然一連開了幾個頭，才說了出來。

「不算多。」我老實地回答說。

我的回答好像使他有點放心，這鼓勵他接著往下說，「假如你不怪我，我想你掙錢不是很多，你應當知道的，我也搞副業——順帶著做點小生意，你掙錢不多這一點我想到了，唉，朋友，你在賣債券吧？」

「是的，我正在學著做。」我回答說。

「那現在有一件事也許你會感興趣，不要你花太多的時間，你可以在頃刻之間發大財，但是這件事非常機密。」蓋茨比接著往下說。

現在，我已經認識到了，如果在別的背景下，那我一生的轉捩點，肯定就是那次談話。可是由於這是他爲了答謝我幫他的忙而給的酬勞，而且說的又太直白，並且不合時宜，所以除了當下打斷他的話外，我別無他途。我說：

「我非常感謝你爲我提供的機會，但是由於我現在的工作很多，我沒有能力做更多的工作。」

「不會讓你去跟沃爾山姆打交道。」很明顯他搞錯了，他沒有想到是他的提問式的話語不恰當，還以爲是我討厭吃午飯時提到的那種「關係」，他希望我找個話題，因此他待了一會兒，由於我當時並無心與他繼續談話，因此沒有接他的話。

最後，他不得不回到他那空蕩的家裏去了。

這天晚上，我覺得自己飄飄欲仙，舒服極了，我一邁進自家大門就睡著了，所以蓋茨比到底回去後做了什麼，我一概不知，既不知道他是否去了康尼島，也不知是否後半夜他的房子還是燈火輝煌，他在隨便看他的房間。

第二天早晨我在上班的時候，給黛西打了個電話，請她到我家去喝茶。我警告她，「不要湯姆來。」

「你說什麼？」她問。

「不要湯姆來。」我重複了一遍。

「誰是『湯姆』？」她傻傻地問道。

那天上午，我正悠閒地待在家裏，一個穿雨衣的修草工來到我家，告訴我說，我的鄰居要他爲我修草，當時外面的雨下的特別大，但是我突然想起要把我的女傭人叫來，於是我就開車到她家裏，把她接了回來。想到下午的見面，我順便買了一些茶杯和檸檬，還有一束鮮花。

但到下午時，我就發現了我的周到是多餘的，蓋茨比先生比我想的要仔細，他把他家的花都送來了，而且還順道帶了許多花瓶，真是想得周到。

花送來不久，蓋茨比先生慢慢地推開門進來，從他的穿著上，可以看出他刻意修飾了一下，他穿著銀色襯衫，外面套著法蘭絨的白色西裝，還繫著金黃色的領帶，格外精神，但他的臉色卻讓人一眼看出沒有休息好。他進門就問我：「都好了嗎？」

我說：「如果你是問草地的話，那麼現在看上去比以前好看多了。」

他似乎忘記了給我修草的事，不解地問我：「什麼草地？」他還往外看了看，但似乎什麼也沒看見。他心不在焉地說：「哦，是你的草地，看上去不錯。」接著他又說：「中午，雨應該會停的，報紙上這樣說的。噢，東西都全了吧？我是說喝茶的東西。」

我怕他不放心，就讓他到廚房裏親自去看看，他把一打檸檬蛋糕上下看了一遍，還順帶看了一眼我的女傭，但他似乎對她不放心。

「這還不錯吧？」我問了一句。

「當然，當然，非常地好！」他附和著說，但他忽然又莫名其妙地歎了一口氣低聲說道：「朋友……」就沒再說什麼。

正如蓋茨比所說，不到四點的時候，雨知趣地停了，大雨過後，空氣非常濕潤、清新，我的女傭人在廚房不停地忙碌，她經常踩得地板「咯吱咯吱」響，每響一次，蓋茨比就驚一下，然後向窗外望一望，那本正在他手裏的《經濟學》只是一個擺設，他心不在焉，而是一心想著窗外在發生什麼事情。

過了一會，他放下書，站了起來，一副要去辦急事，不能再待下去的樣子，他看了一眼時間說：「我得走了，她現在不會來喝茶了，我不能爲此一直等下去。」

我從他的聲音裏聽出其實他並不想走，只是有點猶豫。於是我說：「別再說傻話了，現在還不到時間呢。」

他沒有說話，一屁股坐了下去，就在這時候，外面傳來了汽車拐進巷口的聲音，我也受他的影響有點緊張，我們倆一起從座位上跳了起來，我急忙去開門。

一輛汽車從汽車道上開了過來，沿路是還未開花的紫丁香。黛西的車在門前停下，車裏露出她那興高采烈的臉，她歪戴著淡紫色的三角帽，用她那美妙的令人陶醉的聲音問我：「親愛的，這兒真是你的房子嗎？」

我走過去扶她下車，這才發現，她的頭髮被霧水打濕了，一縷縷像藍色的顏料一樣，貼在她美麗的臉上，就連手也被打濕了，她悄悄湊在我的耳邊說：「你要我一個人來，是不是因爲你已經愛上我了？」

我說：「先叫妳的司機走開，過會兒再來，因爲這是一個秘密。」

黛西轉過頭去告訴她的司機——弗迪，讓他過一個小時再來接她。

當我們走進客廳的時候，我卻吃驚地發現，蓋茨比先生不見了。

「咦，這可真滑稽。」我不由自主地大聲叫了出來。

「什麼滑稽？」黛西莫名其妙地問我。

正在這個時候，響起了一陣敲門聲，我打開門一看，是蓋茨比先生，他臉上沒有一點血色，正站在水裏，手無力地放在上衣口袋裏，他用驚懼的眼神看著我。他彷彿受操縱似的，從我身邊跨進門廊，轉身走進客廳，可是我當時一點兒也不覺得這個樣子很可笑，反而心跳加速了。

我站在門廊裏，客廳裏一片安靜，過了一會兒，我才聽見低語聲和笑聲，接著，我聽見了黛西不自然的表示高興的聲音：「很高興，我能再見到你。」接著，又是長時間的令人恐懼的安靜，我走進客廳。

我進去的時候，看見黛西正神色慌張地坐在椅子邊上，樣子還是那樣美。蓋茨比正目光遊弋地盯著黛西看，雖然他正倚在壁爐架上，兩手插在口袋裏，頭向後仰著，靠在一架破臺鐘的鐘面上，裝出一副滿不在乎的樣子。

「我們以前認識。」蓋茨比試圖打破這寂靜。他看看我，想對我微笑，卻沒有成功。

就在此時，那破鐘受不住他頭的壓力幾乎就要掉下來了，他趕緊扶住鐘，放好，我發現他的手在抖。隨後，他坐到了沙發上，死板板的，一動也不動，他說：「對不起，碰了你的鐘。」

可是這時候，我也臉紅了起來，不知如何應答才好。於是我傻傻地說了一句：「這架鐘很老了。」

黛西打破了沈默，用平靜的語氣說：「我們許多年沒見面了。」

不料，蓋茨比卻說出了一句令我們愣半天的話，他說：「到十一月，就整五年了。」

爲了打破這種尷尬，我要他們跟我一起去煮茶，可就在這時，不識時務的女傭卻把茶端了上來，他們倆只好又坐下。

遞茶杯、蛋糕本來是件很忙亂的事，可是此時卻大受歡迎。蓋茨比在一邊看著我們。看著他痛苦的眼神，我知道，現在這種平靜不是我們所要的，所以我找了個藉口要出去。

「你上哪兒去？」蓋茨比趕忙問我。

「我去去就來。」我回答他。他卻硬要跟我走進廚房，說是有話對我說。

他關上廚房的門，低聲痛苦地說：「天哪！我犯了一個天大的錯誤。」

我安慰他說：「沒關係，你只是不好意思而已，黛西也是。」

「她不好意思？」他茫然地問我。

我大聲回答他說：「是的，她跟你一樣不好意思。而且你現在這樣就像孩子一樣，你把她一個人丟在那裏，這很沒禮貌。」

他埋怨地看了看我，打手勢不讓我接著說下去，忐忑不安地回到了客廳。

我從剛才蓋茨比走過的後門走了出去，圍著房子跑了一圈，這時雨又下了起來，於是我向一棵枝葉茂盛的大樹跑去，大樹枝葉繁茂，形成一塊天然的擋雨布。在樹下，我看了看我那剛剛修剪過的草地，現在卻是坑窪不平積滿雨水。此時，蓋茨比的房子是我唯一可看的景物，於是我像康德看他的教堂尖塔一樣，看了它好長時間。

這座仿古的房子是一位釀酒商在十年前「仿古熱」初期建造的，曾經傳言說，只要鄰近小別墅的屋主在屋頂上鋪茅草，他就為他們付五年的稅款，可是美國人寧願去當農奴，也不肯當鄉巴佬，所以沒有人接受他的計劃，他很快就死掉了，他死不久，房子就被家人賣掉了。

半小時後，陽光再次灑向了大地，蓋茨比家的女僕挨個打開樓上的窗戶，食品貨車也把他家的晚飯用料送來了，我應該回去了。剛才的雨就像是他們倆綿綿不絕的話語，可是現在又是一片新的寂靜。

我在廚房裏儘量弄出大的響聲，除了推翻爐子，我把能出聲的全都弄出了聲音，可是我進去後發現，我是白費力氣了，他們根本什麼也沒聽見。他們坐在沙發兩端，互相凝視，一點也看不出剛才難為情的樣子，兩人一副思考問題的樣子。我發現此時蓋茨比身上散發出一種幸福的光芒，讓人難以想像出他先前那副惶恐的樣子。黛西卻是淚流滿面，發現我進來，她就用手指開始擦臉。

「嗨，老兄，」他熱情地同我打招呼，就像我們已經很多年沒見面了，我甚至以為，他會熱情地與我握手。我告訴他雨停了。他明白了我說的話以後，才發現屋子裏已充滿陽光。

他欣喜若狂，既像一個氣象預報員又像一個陽光守護神。並且急忙對黛西說：「雨停了，多好。」

「傑伊，我很高興。」黛西的聲音淒美動人，表達了她意想不到的喜悅。

蓋茨比對我說：「你能和黛西一起到我家來嗎？我想讓她看看我的房子。」

「你真的想我去嗎？」我問。

「是的，老兄。」他愉快地回答。

黛西去樓上洗臉的時候，我和蓋茨比在草坪上等她，這時候蓋茨比對我說：「你看我的房子正面反映著陽光，很漂亮是不是？」

他的房子倒真是很漂亮。

他仔細看他房子的每一處角落，還告訴我，他只用三年就掙到了買這座房子的錢，我告訴他，起初我還以爲他的錢是繼承來的呢。他順口說：「是的，但是在戰爭引起的恐慌中，我損失了一大半。」

當我問他做什麼生意時，他想也沒想就說了句：「那是我的事。」

大概他覺得不太得體，接著告訴我說，他幹過好幾行，他做過藥材，又弄過石油，不過現在都不幹了。

他看了看我，問我說：「你已經考慮過那天晚上我提的事了嗎？」

我剛要回答，黛西就從房子裏出來了，她在陽光下美麗動人。

她用手指著蓋茨比的房子大聲問：「是那座大房子嗎？」

蓋茨比沒有回答，反問一句：「妳喜歡嗎？」

「我非常喜歡，但是我不明白，一個人住在那兒舒服嗎？」黛西問道。

「所以我總是讓它有人，而且是有意思的人，有名氣的人，做有意思事的人。」蓋茨比回答說。

我們繞到大路上，從後門進去。黛西看著那古老的城堡似的房子，一直不停地讚美，她讚賞長壽花閃爍的香味，讚賞山楂花和梅花淡淡的香味，讚賞勿忘我花華麗的香味。她一邊走，一邊讚賞整座花園。來到大理石砌成的臺階前，我本以爲會有時髦人士像往常一樣進進出出，但出乎意料，只有樹上的鳥在喳喳地不停叫。

我們到了房子裏面之後，我總覺得無論是在沙發後，還是在桌子底下到處都藏著人，只不過是在我們走過時，他們都屏住呼吸一動不動。

我們穿過了瑪麗皇后式的音樂廳和「政變」時期流行過的小客廳，參觀了「默頓學院圖書室」，當蓋茨比關上圖書室的門時，我還聽到了那個長著貓頭鷹眼睛的人發出的可怕的笑聲。

在樓上，我們參觀了一間間鋪滿了玫瑰色和淡紫色綢緞的仿古臥室，每一個房間都擺滿了鮮花，色彩紛呈。我們還參觀了每一間更衣室和彈子室，還有地下浴池的浴室。我們還闖進了「房客」克利普斯林格先生的臥室，他正穿著睡衣趴在地上做伏地挺身。早晨的時候，我還見過他在海灘上不停地走來走去。

蓋茨比本人的套房是我們最後到達的地方，由臥室、浴室、書房三部分組成。蓋茨比從壁櫥裏拿出蕁麻酒，我們在書房裏坐下，喝了一杯。

他總是盯著黛西，有時他也環視四周評估自己的財物，也許他正按照眼前這位他所鍾愛的人的眼神，來重新估計自己財物的價值，好像在這個令他魂牽夢繞的人面前，其餘的東西都是假的，而唯有這個人是真實的，甚至他差點從樓梯上摔下去。

在他所有的房間裏，他的臥室是最簡單樸素的。梳粧檯上有一副純金的梳妝品顯得格外引人注目。黛西一發現，就拿起梳子高興地梳了梳頭，這一動作引得蓋茨比樂個不停。他都不知說什麼好了。很明顯，他經歷了緊張不安和欣喜若狂兩個精神狀態，現在又進入了第三種狀態，由於他多年期待的事，現在發生了，長期以來的魂牽夢繞的感情，此刻由於她出現的真實性而不能自持了，他已經精疲力竭了，就像是一座發條上得過緊的鐘。

不久，緊張和興奮過後，他恢復了正常，他把我們帶到兩個大而講究的衣櫥前面，他的西裝、晨衣和領帶，還有成堆的襯衣塡滿了他的衣櫥。

「在英國，我專門有一個人爲我買衣服。每年一進入春季和秋季的時候，他就爲我挑選一些，給我寄過來。」他一邊打開一件件襯衣，一邊爲我們解釋說。薄麻布襯衫、厚綢襯衫、細法蘭絨襯衫等等，各式各樣的襯衫擺了一桌子。接著，他又抱來許多，有條子襯衫、花紋襯衫、方格襯衫，還有各種顏色，珊瑚色、蘋果綠、淡紫色、淺橘色、刺著他姓名的深藍色的交織字母，這些多式多樣、五顏六色的襯衫堆成了一座小山。

看著看著，黛西突然趴在襯衫上哭了起來。她邊哭邊說：「它們實在是太美了，我因爲沒見過這麼美的襯衫而難過。」

我們本來打算看完房子後去看庭院和游泳池、水上飛機和盛開的鮮花，但是天公不作美，天又下起雨來了，我們只好並排看海。

蓋茨比說：「沒霧的時候，我總是可以看見對面你的房子，你家附近的碼頭有一盞通宵的綠燈。」

他還沈浸在他的話裏，黛西卻突然握住了他的胳膊，此刻那盞曾有特殊意義的燈，跟眼前這可愛的人一比，它又是一盞碼頭上普通的燈了。

我開始在昏暗的屋子裏走動，看各種擺設，掛在他書桌前面牆上的一張大照片引起了我們注意，那是一個穿著遊艇服的老男人的照片。蓋茨比告訴我，那是丹・科迪先生的照片，這是一個耳熟的名子。蓋茨比繼續解釋說，他早已死了，但曾經他們是很要好的朋友。

五斗櫥上也放著一張照片，那是蓋茨比的照片，穿著遊艇服，昂著頭，帶著一股十八歲少年滿不在乎的神氣；頭髮向後梳著。

黛西叫道：「我太喜歡這張照片了，可是你既沒告訴過我你留過這個髮型，也沒提你有一艘遊艇。」

蓋茨比卻岔開話題說：「來，看這些剪報，這都是關於妳的。」

就在他們並肩看剪報的時候，電話鈴不合時宜地響了起來，而此時我正想看看那些紅寶石。

蓋茨比拿起電話說：「噢，老兄……我現在不方便……，我是說一個小城……不用說他也知道什麼是小城……，算了，如果他認爲底特律是小城的話，那麼我們要他沒用……」他掛了電話。

黛西站在窗口說：「快到這兒來！」窗外雨還沒停，可是天邊卻烏雲散盡，海灣上彩雲翻滾，過了一會兒，黛西低聲說：「我真想把你放在彩雲上，推著你來回走。」

我覺得我應該走了，可是他們倆誰也不答應，也許有我在，他們才可以安心相處。

蓋茨比說：「我們讓克利普斯普林格彈鋼琴吧。」隨後他走出去，沒過多久帶來一個年輕人，他臉色發白，兩眼無神，戴著玳瑁邊眼鏡，金黃色的頭髮稀稀疏疏的，而且還有點難爲情。他穿著一件開領運動衫，一條說不清顏色的帆布褲和一雙運動鞋，比剛才整齊多了。

黛西禮貌地問：「剛才我們打擾您做操了吧？」

克利普斯普林格覺得非常不自在，衝口說：「我在睡覺。」他意識到不恰當，又解釋說：「是我本來在睡覺，後來我起來了……」

蓋茨比沒讓他說完就說：「克利普斯普林格會彈鋼琴，是不是？」

克林普斯普林格推辭一下說：「我彈得不好。」又說：「我根本不會彈」，接著說：「我好久沒練……」

蓋茨比不容他分辯，提議讓大家去樓下，並且他隨手打開了燈，整棟房子頃刻間燈火通明。

大家坐在音樂廳裏，只有鋼琴旁邊的一盞燈開著，蓋茨比和黛西坐在最幽暗的角落裏，那裏除了過道地板上的反光外，沒有其他的光線，蓋茨比顫抖著給黛西點燃了香煙。當一曲《愛情的安樂窩》彈完之後，克利普斯普林格一邊轉過身來望著暗處的蓋茨比，一邊抱怨說：「我好久沒彈了，我說不會彈，我已經好久沒……」

蓋茨比命令說：「別廢話了，彈吧！」

「每個早上，每個晚上，我們神采飛揚……」

此刻，是人生發生轉折的一刻，空氣中也充滿著興奮的因子，外面風在呼呼地刮，海灣上雷聲陣陣。西卵各家的燈都亮了，在雨中，電動火車滿載歸客，從紐約呼嘯而來。

「有一件千真萬確的事，

富人擁有錢而窮人擁有——孩子。這時候，

啊，這時候……」

當我與蓋茨比告別的時候，我發現蓋茨比的臉上又出現了那種驚慌失措的表情，看得出他不相信他眼前的幸福。在那天下午一定有一些地方，黛西並不是像他夢想的那樣美好，原因不在黛西，而是蓋茨比五年來巨大的幻想，他的幻想超越了黛西，他爲這個幻想加了太多的枝葉，並賦予它絢麗的色彩。

我覺察到他在走出幻想，慢慢適應這眼前的真實。他抓住她的手，她在他耳邊低語，他聽後就猛轉向她，我認爲她那悅耳獨特的聲音最使他著迷，聲音是永恆的歌，是幻想不能企及的。此時，他們已忘記了我，黛西看了我一眼，伸出了手，而蓋茨比則根本不認識我了，我們互相對看，雖近在咫尺卻遠在天涯。是該我退場的時候了，我讓他們兩人待在一起，我走出屋子，走進了雨裏。

第六章　挑釁

就在這一段時期，有一天早上，蓋茨比的府上來了一位不速之客，那是一位從紐約來的年輕記者，他冒失地問蓋茨比是否有話要說，蓋茨比不解地問：「關於什麼的話？」

年輕記者沈默了一下說：「例如發表個什麼聲明之類的。」

過了一會兒事情才明瞭。這位記者不知如何聽到有人提起蓋茨比，他就趁著休息日來碰碰運氣。

這一夏天，由於千百個在蓋茨比家作過客的人的宣傳，他的名聲與日俱增，關於他的事情，被人傳的沸沸揚揚。就連「通往加拿大的地道」這一類的事，都與他有干係，並且還長期謠言說他住在房子式的船上，而且經常沿著長島海岸秘密地移動。可是北達科他州的傑姆斯・蓋茲卻從中得到了滿足。傑姆斯・蓋茲是他十七歲以前的姓名，也是他法律上的姓名，也就說，是他的真姓名，可他改名換姓之時，正是他開闢一生事業之時。

一天下午，傑姆斯・蓋茲正穿著破舊的綠色運動衫和帆布褲在沙灘上遊蕩，他看見丹・科迪的遊艇正停在蘇必利爾湖上最險惡的沙洲上，他知道半小時之內可能起大風，把丹・科迪的船覆沒，他借了一條小船去警告科迪。這時他就不再是傑姆斯・蓋茲了，而是傑伊・蓋茨比了，我覺得，他早就把這個名字想好了。

他的父母是普通的農民，他的想像力根本不會承認自己的父母是這樣平凡的人。傑伊・蓋茨比喜歡博大、庸俗、華而不實的美，他產生於柏拉圖式的理念。他是上帝的兒子，因此他為他的天父效命。這正是十七歲的年輕人虛構的形象，他始終忠於這個形象。

他在蘇必利爾湖南岸奔波了大約一年多，他沒有什麼正式的活兒，只要能掙到食宿他就幹，要麼捕鮭魚，要麼就抓蛤蜊，或是其他什麼雜事。由於幹活沒有規律，並且長期在野外，他身體健康並且過著自然舒服的日子。他很早與女人發生關係，他有著驚人的自我陶醉，女人很寵愛他，他不但認為是理所當然的，而且瞧不起她們，因處女的無知而瞧不起她們，他因其他女人的吵鬧也瞧不起她們。

雖然他的身體過著隨心所欲的生活，可他年輕的心卻不滿於現狀，充滿著各式多樣的幻想。時鐘在洗臉架上不停地走著，月光透過窗子照在地上雜七雜八的衣服上，而他的腦子卻正在構想著一個令人滿意的絢麗多彩的世界。這是一個夢想的天國，他豐富的想像力在此得以發揮，每夜他都使他的世界更加豐富。他在美麗的幻想中沈睡，使他相信這才是真實的，而現實卻不是，他認為世界是建立在幻想上的。

就在丹・科迪的遊艇在蘇必利爾湖上拋錨時，他又遊蕩在蘇必利爾湖邊，到處找活幹。可是幾個月前，他那種追求光榮的本能促使他到明尼蘇達州南部路德教的小聖奧拉夫學院學習。

可是他鄙視爲掙學費而幹的勤雜工的活，而且更令他失望的是，學院對他的生命理想，對命運本身無動於衷。

五十歲的科迪，內華達州的銀礦、育空地區、一八七五年以來每一次淘金熱，科迪都參與過。他在蒙大拿州銅的買賣上發了大財，可腦子卻與健康的身體不相配，好多女人都發現他已接近糊塗了，所以想盡各種辦法坑騙他的錢財。有一位叫埃拉·凱恩的女記者，用了一些骯髒的手段，看準了科迪的弱點，要他乘遊艇去航海，就這樣，科迪在海上過了五年。

就在傑姆斯·蓋茲遊蕩的這一天，進入了小姑娘灣，成了他命運的轉捩點。

蓋茲在小船上抬頭仰視在他眼裏代表了世界上所有的美和魅力的船，它的甲板高高在上，而且有欄杆圍著。蓋茲對科迪笑了一下，他應該知道他的微笑很迷人。在回答了幾個問題之後（**其中包括傑伊·蓋茨比這個名字**），科迪覺得他不但聰明而且雄心勃勃。於是在德盧思城，爲他買了一頂遊艇帽，一件海員服，藍色的，還有六條白帆布褲子。並且科迪的遊艇啓航的時候，也帶走了蓋茨比，他們去了西印度群島和巴巴里海岸。

蓋茨比在科迪的船上什麼活都幹，他幹過聽差、大副、船長、秘書，甚至監守，蓋茨比深得科迪信任，科迪知道自己喝醉的時候會幹出揮金如土的傻事，爲了防止幹這樣的蠢事，他更得信賴蓋茨比了，他們環繞美洲大陸三次，這樣的生活過了五年。可是在波士頓的一個晚上，埃拉·凱上了船，剛一個星期，丹·科迪就死了，要不然，這樣的日子可以永遠這樣下去。

正是因爲科迪的原因，蓋茨比很少喝酒。在狂歡的宴會上，醉醺醺的女人會把香檳倒在他的頭上，可是他本人卻不會去喝酒。丹・科迪的照片我記得非常清楚，他是一個典型的沈迷於酒色的拓荒者；頭髮花白，穿著花哨，臉上顯出他的冷漠和內心的空虛。正是他這種人，把美國時期西部的狂野帶到了東部地區。

科迪雖然死了，但是他從科迪那繼承了二萬五千美元的遺產，可是由於埃拉・凱用他不懂的法律手段，使他一分錢也沒得到。埃拉・凱繼承了所有遺產。但他卻從中得到了教訓：從此，他成了真正的傑伊・蓋茨比了。

以上我寫的這些，是爲了澄清那些有關他的謠言，那都是些子虛烏有的事，有一段時間有關他的傳聞我也將信將疑了，這些是很久以後，他在一個十分不安定的時候告訴我的，借此時，這個蓋茨比得以放鬆一下的機會，我把事情講清楚以免繼續發生誤解。

從那以後，我也有好長時間沒有和他聯繫，既沒有見面，也沒有打電話，那一段時間，我主要在紐約和喬丹在一起，並且盡力討好她的老姑媽。在一個星期天的下午，我終於又再次邁進他的家門。可是不到兩分鐘就發生了一件令我異常吃驚的事，這可是以前從未發生過的事——有個人把湯姆・布坎農給帶了進來。

來的是三個人，湯姆、斯隆先生和以前來過這的穿棕色騎裝的女人，他們是騎馬過來的，蓋茨比站在陽臺上對他們招呼道：「歡迎光臨寒舍，見到你們非常高興。」可是他們並不領情。湯姆的來訪使他震動很大，他在屋子裏忙來忙去，一會打鈴叫人，一會兒問他們要抽什麼，又問他們是喝檸檬水還是香檳，或者是別的什麼，他想他們就是爲了喝點東西，歇歇腳才來的。然後他們又說了一些關於騎馬及道路的事。

蓋茨比不由自主地看著湯姆，儘管剛才是當作初次見面，他對湯姆說：「我們以前見過面。」

可湯姆並不記得，但他還是禮貌地回答說：「是的，我清楚地記得。」

蓋茨比回答說：「是兩個星期以前。」

湯姆這才記起來說：「噢，是的，你和尼克在一塊兒。」

蓋茨比接著挑釁似地說：「我認識你太太。」

「是嗎？」湯姆有點吃驚。他接著就把頭轉向我，問道：「你就住這附近嗎？」

我說：「就住隔壁。」

一直是我們三個人在談話，斯隆先生只是自在地躺在椅子上，那個漂亮女人一直到喝完兩杯薑汁威士忌，她才開始說話。她對蓋茨比提議說：「你的下次晚會，我們都來參加好嗎？」

蓋茨比說：「你們能來，當然好了。」

可是斯隆先生卻不領情，要起身告辭了。

蓋茨比現在鎮靜了許多，他想多與湯姆待會兒，所以他請他們在他家裏吃晚飯。那個女人熱情地發出邀請，讓我和蓋茨比去她家裏吃飯，她堅持邀請我們去，蓋茨比非常想去，可我看得出斯隆先生不想讓他去。我推辭說：「我去不了。」她就極力邀請蓋茨比去。

斯隆先生對她耳語，可她卻堅持說：「如果我們立刻出發，就不會晚。」

蓋茨比說：「雖然我當兵時騎過馬，但是我沒有馬，只能開車走了。」接著他就去準備。

我們在陽臺上等他時，斯隆和那個女人氣沖沖地說話。

湯姆說：「這個傢伙真的要來，可是她並不要他來，難道他不知道嗎？他在那兒誰都不認識。」他皺著眉頭咕噥著說：「他到底是在哪兒認識黛西的，現在女人到處亂跑，她們會遇到多種特別的人，也許是我太保守，但我確實看不慣。」

突然，斯隆先生和那個女人，走下去，翻身上馬。

斯隆對湯姆說：「快點，我們得走了，我們已經遲到了。」然後讓我告訴蓋茨比說他們不得不走了。

我們冷漠地道了別，當蓋茨比收拾好從大門出來的時候，他們已經消失在樹蔭裏了。

人要通過別人的眼睛去看那些費大力才會適應的事物，是讓人難過的。本來，我已經開始習慣蓋茨比晚會上的這一套，認為西卵是一個獨立且完整的世界，有它自己的標準和大人物。可是下一個星期六晚上的蓋茨比的晚會，由於湯姆的參加，我總覺得那次晚會有一種沈悶的感覺，雖然和其他的晚會一樣，還是那類人，還是不斷的香檳和亂七八糟的喧嘩吵鬧，可是我通過黛西的眼睛去觀察，我覺得一種無形的罪惡感包圍著我們。

黃昏的時候，黛西和湯姆到了。我們在幾百名打扮得珠光寶氣的人中穿過。黛西顯得很興奮，她低聲對我說，如果我想吻她，只要我提到她，或提出要求，她一定會答應我的。蓋茨比提醒她，要她向四周看看。他說：「妳一定能見到許多妳只聽其名而未見其人的人。」

湯姆傲慢地掃了一眼人群後說：「我們平時不大出門，這些人我一個也不認識。」

蓋茨比指著坐在白梅樹下的美人說：「那位小姐你也許認識。」

湯姆和黛西仔細瞅了一會兒，才認出那是他們只在電影裏看見過的大明星。

「她實在是太美啦！」黛西不由地說。

蓋茨比領著他們向客人們一一介紹。「這是布坎農夫人和布坎農先生……」他停頓了一下又補充道，「馬球健將。」

雖然湯姆一再否認，但整個晚上蓋茨比都這樣稱呼湯姆，很明顯他喜歡「馬球健將」的含意。

黛西亢奮地說：「太高興了，我從來沒見過這麼多名人。」她指著一個鼻子有點發青的人說：「我喜歡他，他叫什麼？」

蓋茨比告訴了她，還說他是個小製片商，黛西撒嬌地說：「不管，反正我喜歡他。」

湯姆這時也高興地說：「我寧願以一個平凡人的身分來看這些名人，而不是什麼馬球健將。」

我從未見蓋茨比跳過舞，而這天晚上他和黛西跳了起來，而且他跳的是優雅的老式狐步舞。後來他們讓我在園子裏把風，黛西說：「這樣以防著火或是發水災，或者是別的什麼天災。」而他們倆偷偷溜到我家，在臺階上坐了半個小時。

在我們吃晚飯的時候，湯姆突然說話了，我幾乎忘記了他的存在。他說：「那邊有一個人正在講笑話，我可以跟他們一起吃飯嗎？」

黛西愉快地讓他去了，而且還給他一枝鉛筆，方便留住址，她對我指著一個女孩子說，她漂亮得俗氣。從而我知道了，那一晚上她玩得並不開心，但是她與蓋茨比在我家臺階上的那半個小時除外。

兩星期前，我還覺得參加晚會的這群人很有意思，可是那天晚上我卻覺得一點意思也沒有，蓋茨比又因電話而不在，所以我們那一桌人喝得特別多。

我覺得同我說話的那位姑娘正想靠在我的肩上，但是我突然提了個問題，沒有使她成功，我問，「貝達克小姐，妳感覺如何？」

她睜開眼睛坐了起來，問我，「什麼？」

這時原本在鼓動黛西明天去高爾夫球俱樂部陪她打球的胖女人，轉過來爲貝達克小姐說話了。她說，「現在她該來了，她每天都喝五六杯雞尾酒，也總是這樣，我也勸她不要喝酒。」

貝達克小姐隨口反駁說，「我不喝酒。」

胖女人接著說，「我們聽見妳在大叫，就跟希維特大夫說『您得幫幫那個人』。」

另一位朋友插嘴說：「我相信她非常感謝，可是接下來妳把她的頭按到游泳池裏去，打濕了她的衣服。」

貝達克小姐嘟囔著說，「我是不喜歡別人把我的頭往游泳池裏塞，在新澤西州時，我差點被淹死。」

希維特大夫還嘴道：「不想被按進游泳池就別喝酒。」

貝達克小姐立刻反駁：「不要說別人啦，你的手都在發抖，怎麼能給別人看病？」

當晚就是這樣混亂，我記得的最後一件事，是我和黛西看白梅樹下的大明星，她的導演幾乎要將自己的腮幫子黏到她的臉上。他們一直待在那，那位導演花了一整晚的時間逐漸蹭得與大明星一線之隔了，我看見他越過最後一點距離，吻著了大明星的臉，黛西說她喜歡那位明星，她實在是太美了。我可以看出除此之外，她討厭那晚其他的一切。她厭惡他們，不是故作姿態，而是一種討厭的感情，她從她不懂的單純中覺察到一些恐怖的事實，西卵，一個長島漁村上的「勝地」。黛西不僅厭惡西卵的創新，直白的野蠻的力量，而且厭惡西卵上的人不平常的命運。

我和布坎農夫婦一起坐在門前的臺階上陪他們等車開過來。大門敞開著，透過黎明時分放出的光，周圍還是很暗。還可以看見樓上化粧室裏，不時有人影晃過，那是女客們在化妝。

湯姆突然問我一句：「這個蓋茨比是誰，他是個私酒販子嗎？」

「聽誰說的？」我問他，以爲又是一則謠言。

湯姆說：「我自己這樣想的，像他這樣的富豪大多是私酒販子。」

我告訴他蓋茨比不是。接著是一陣沈默，聽得見他用腳踩小石子的聲音。

湯姆說：「我想，他肯定爲找到這些人花了很大力氣。」

黛西的毛茸茸的領子被晨風微微吹動，她硬著頭皮說道：「最起碼這些人比我們認識的人有趣。」

湯姆卻反駁她說：「可看上去妳並不感興趣。」繼而轉向我問：「你有沒有看見，當那個女孩讓她給她來點冷水時，黛西的表情？」

裏面響起了音樂，黛西用她那沙啞而有節奏的低音和著音樂唱了起來。她的聲音跟著曲調，婉轉悠揚，她唱得每一個字都含有從未有過，也不會再有的意義，而且她的每一絲聲音都包含著她濃濃的感情，在空氣中瀰散開來。

我正沈浸在音樂裏，她忽然說：「並不是所有的人都是邀請來的，像那個女孩子就沒有受到邀請，可是他又太好客了，不會拒絕別人。」

湯姆卻堅持說：「我一定要打聽清楚，他是什麼人，來這兒幹什麼。」

黛西說：「不用去打聽了，我告訴你，他開著好多家藥房，這都是他一手創辦的。」

他們的車終於來了。她跟我說完晚安，就朝著能看見的最高臺階看去，小華爾茲舞曲《凌晨三點鐘》正從那裏傳出來，那是一支當年流行的淒婉迷人的曲子，那曲子裏彷彿有什麼東西在召她回去，在這昏暗多變的時候，誰也說不清會發生什麼事情。

蓋茨比隨便的晚會，可能會發生種種的浪漫，而這在她的生活裏是不可能發生的。也許就在此時會來一位不速之客，一位勾魂攝魄的美人，只要她對蓋茨比拋一個多情的眼神，說不定蓋茨比就會爲她神魂顛倒，而對黛西五年來的愛情頃刻間化爲烏有。

因爲蓋茨比非要我單獨和他待會兒，所以我就在花園裏走來走去，等他脫身，一直等到很晚。我在花園裏看著最後一批游泳的客人，從黑黑的海灘上跑回來，寒冷而興奮，看見各間客房的燈都滅了，他才從臺階上走下來。他黝黑的皮膚緊繃在臉上，他的眼睛雖然依舊明亮，但也顯出了倦意。

他一見我就說：「她不喜歡這個晚會。」

「她很喜歡。」我安慰他說。

可是他仍自信地說：「我知道，她不喜歡，她玩得不高興。」他停住不吱聲了，我能感覺到說不出的鬱悶正使他難過。

他說：「我覺得我們距離很遠，她不理解我。」

我以爲他是說舞會的事，可是一下就把舞會給否定了。

他想讓黛西先恢復自由，但這就等於讓黛西對湯姆說「我從未愛過你」，把過去的四年全部抹掉。然後他們再採取行動，回到路易斯維爾，就像五年前一樣，從她家出發去教堂舉行神聖的婚禮，就如同這幾年什麼也沒發生過。

他說：「黛西不理解我，她跟過去不一樣了，以前我們可以一坐幾個小時……」他沒有說下去，而是在被弄得亂七八糟的小路上徘徊。

我突然冒出一句說：「你不可能回到過去，你不能對她要求這麼高。」

他卻不理解地叫道，「不能回到過去？不！我就能！我一定能把一切安排得跟過去一樣，沒差別！」

他還堅毅地點點頭，堅定地說：「她會看到過去的一切的。」他張望著周圍，就好像過去就在這附近，他一伸手就可以抓到。

他開始講他與黛西的往事。我覺得他不是爲了宣洩，而是爲了重新獲得他的某種理念，那個讓他進入對黛西熱戀的理念。從那時起，他的生活是沒有規律的，也許從某個出發點開始，讓他重溫一遍過去，他可以找到他需要的東西。……五年前一個秋天的夜晚，他們在街上走著，地上落滿樹葉，踩上去吱吱響。他們在一處沒樹的地方停了下來，面對面站著，相互對視。

在那季節更替的時節，那是一個清爽而寂靜的夜晚，萬家燈火就像是對著黑衣的低唱，天上的繁星也在不停地眨眼。神秘的興奮在涼爽的空氣中到處瀰漫。蓋茨比透過他眼角的餘光可以看到兩側的人行道，當時在他看來，這一段段人行道就是登上某個神秘地方的梯子，它在樹頂上空的某個地方。那裏有生的甜漿和奇妙的奶汁。他相信，如果讓他獨自攀登的話，他肯定可以輕鬆地爬上去，去體味那裏的美妙。

他的心隨著黛西漸漸貼近他的臉而緊張得跳個不停。他清楚地知道，他對未來的憧憬和她片刻的呼吸，將因他們的吻而結合在一起，而他的心也會因這種結合而不能任其飛翔了。所以，他又聽了一會那在天上敲響的心樂，然後才吻了她。他的嘴唇就像春雨，一碰黛西，他理想的化身就完成了，她像鮮花一般爲他而開放。

他的話和他的感傷，使我隱約想起了以前我在某處偶爾聽過的歌，那模糊不清的節奏和零散的歌詞，我幾乎都要想起來了，可是快到嘴邊時，我卻發不出聲音來，除了張開嘴唇時呼出的空氣，什麼也沒有發生。我再也說不出那是什麼了。

第七章　發現眞相

關於蓋茨比的猜測越來越多，人們對此展開了充分的想像，但是有一個星期六晚上，他的別墅黑燈瞎火的，那些興沖沖開到他別墅前的汽車，發覺情勢不對就又沮喪地開車走了，留下暗沈沈的大樓靜默無言，彷彿在一片黑暗中黯然傷心。

蓋茨比在一個星期前就做出了一個瘋狂舉動，他把家裏的所有僕人全都轟走了，另外不知從哪兒雇了五六個人來。這是根據我的芬蘭女傭打探到的可靠消息。這夥人從來不到西卵鎮上去店裏買東西，順便接受開店的賄賂，而是偶爾打電話訂購一些生活用品，數量不是很多。另外，食品店的夥計報導說，廚房亂七八糟的，看上去和豬窩沒什麼兩樣。鎭上的人最後得出的結論是，這夥新來的傢伙完全是胡搞，他們不可能是什麼僕人。

於是，人們眼裏的特里馬爾喬①現在又成了一個藉藉無名之徒。我想他是不是出什麼事了，就踏過草坪，敲了敲他家的大門。過了好半天門才開了，只見一個面目可怕的陌生僕人從門縫裏探出來，一臉狐疑地看著我，彷彿我隨時會掏出一把槍準備搶劫似的。

「我很長時間沒和蓋茨比聯繫了，」見他沒有反應，我又補充一句，「他是不是不舒服？我很擔心他現在的狀況。」

「沒這回事兒。」過了半天他才又慢吞吞地、很不情願地加了一聲「先生」。

「那請你轉告他，卡羅威先生來探望過他了，並替我問候他一聲。」

他粗聲大氣地問，「你說誰？」

「卡羅威先生。」

「卡羅威先生。他會知道的，你放心。」

還沒說完，他就砰地一聲巨響把大門合上了。

我接了一個電話，是蓋茨比打過來的。這已經是第二天。

我問他，「聽說全部僕人都被你解雇了。你是打算遠行嗎？」

「當然不是，朋友。」

「那是……」

「黛西常來，一般是在下午。我現在比較喜歡不愛嚼舌的人。」

這座熱鬧一時的大酒店整個都坍掉了，就像紙糊的屋子一樣，而這僅僅是由於黛西的反感。

「沃爾山姆叫他們過來給我幫幫忙。他們全是一家人，以前還經營過一家小旅社。」

「原來是這樣。」

他這電話是黛西要他打給我的，她想問我明天是否可以到她那兒和她一起共進午餐，「到時貝達克小姐也會在場」，他如實轉告了黛西特意強調的這句話。

我似乎沒有理由不答應。半個鐘頭之後，黛西自己打電話過來了，似乎爲我接受了邀請而感到鬆了一口氣。我模糊地意識到，一定出了什麼事情。他們爲什麼要選擇這樣一個場合進行最後審判呢，真是讓我想不通。

第二天，當我乘坐的火車從地道裏鑽出地面駛進陽光裏時，正午那悶熱的死寂被全國餅乾公司刺耳的汽笛聲打破。那天大概是夏天的最後一日，可以肯定的是，這一天是整個夏天最酷熱的。客車裏的椅墊簡直要著火了，燙得人坐立不安，只得暗暗詛咒這鬼天氣。

「這天氣可真難受！太熱了！……」查票員對他常見的乘客說道，「太熱了！……熱呀！熱死了！……熱！……你感覺怎樣，夠熱的吧？熱嗎？……」

他把我的月票遞給我時，他手上黑乎乎的汗漬印在了上面。在這種鬼天氣裏，人都熱得透不過氣來，如果誰不是吃飽了撐的，還有哪個去管他吻到的是誰的紅嘟嘟的嘴唇，管他是誰的頭把他胸口的襯衣蹭得濕透！

坐在我身旁的一位婦女起先還泰然自若地任憑汗水濕透了襯衣，黏在背上再也不分開；但當後來她手裏的報紙也逐漸沁出濕乎乎的一大塊時，在這難耐的酷熱中，她終於忍不住無可奈何地往座椅上靠去，與此同時長長地歎了一口氣。就在她向後靠的那一刹那，啪的一聲，她的錢包落地了。

「哎喲！」她驚叫道。

我彎腰拾起它，很漫不經心的樣子。遞還給她的時候，我的手輕輕地拿著錢包的一邊，伸得遠遠的，無非是想向她表明我毫無非分之想。可是事與願違，旁邊所有的人都用異樣的眼光看著我。那個婦女一臉警戒地接過錢包，連一聲謝謝都沒說。

……布坎農的房門口刮過來一陣涼風，並傳來電話鈴的聲音。這時，蓋茨比和我正在門口等人來給我們開門。

「非常抱歉，太太。」接電話的男管家聲嘶力竭地喊道，「可是我們實在無能爲力，像今天中午這種天氣，根本沒法去動主人的屍體！」

事實上，他是這樣說的：「好的，是……是……我這就看看去，您放心。」

隨後他擱下聽筒，走到我們跟前，接過我們的硬硬的草帽，我看到又細又密的汗珠源源不斷地從他的額頭上冒出來，他無暇顧及。

「夫人已經在客廳恭候多時了！」他一面喊，一面指了指大廳的位置。其實這一抬手完全沒必要，在這奇熱無比的日子裏，任何一個多餘的動作都是對生活財富的無恥浪費。

一進客廳，就覺得裏面既涼爽又陰暗，頓時舒服了許多。後來我才知道是遮篷擋著炎熱的日光。巨大的長沙發上坐著黛西和喬丹，「我們實在累壞了。」她倆異口同聲地說。

她倆像是兩座銀像，長沙發就是她們的白色衣裙，她們小心翼翼地壓住特大的裙襬，以免被電扇的呼呼作響的風掀起。我讓喬丹的手指在我手裏停留了片刻，我看到有一層白色的粉塗在她的黝黑色的手指皮膚上。

緋紅的地毯中心站著蓋茨比，他左右環顧，眼裏滿是恍惚的迷戀。黛西注視著他，當她那甜蜜動人的笑聲發出來時，彷彿有一陣微微看不到的胭脂隨著笑聲從她胸口散入空中。

我問了一句，「湯馬斯・布坎農②先生呢？」

與此同時，一個低沈、粗獷、沙啞的聲音從門廊裏傳來，他在那兒和誰通話。

「聽說，」喬丹壓低了聲音說，「電話那邊是湯姆的情人，是她打電話過來的。」

所有人一言不發。門廊裏的聲音忽然惱怒了，「既然你這麼說，那好，你就別指望我把車子賣給你了……我什麼時候欠過你人情，胡扯……以後別再在午飯時打擾我，我根本不歡迎你，聽見沒有？」

「掛上聽筒再講一大通，還以爲別人連這一點都看不出來。」黛西冷冷地說。

「妳誤會他了。不，不是這樣的，」我替他開脫，「的確有這麼一筆買賣，談的時候我正好也在場。」

這時門被猛地推開了，湯姆出現在門口。他那壯碩的身軀被塞在了門口好一會兒，然後急匆匆地走進屋子，朝我和蓋茨比走來。

「見到您很榮幸！親愛的蓋茨比先生。」他熱情地伸出了他那寬大、扁平的手，重重握住了蓋茨比的手，絲毫也沒有流露出對他的反感。

「你好嗎，尼克……」黛西叫道，「有冷飲嗎？」

湯姆應她的要求去取冷飲，他剛一轉身離開屋子，她就站起身來，走到蓋茨比面前，搬過他的頭，吻他的嘴唇。她低語說道，「我愛你，你知道嗎？」

「還有一位女客在場呢，妳可別太放肆。」喬丹揶揄地說。

黛西裝傻充愣地扭頭四處張望。「那妳也跟尼克接吻吧。」

「不理妳了，真是無恥！」

「我反正無所謂！我想怎麼樣就怎麼樣。」黛西一邊高聲說，一邊就在壁爐前翩然起舞。她隨即意識到了天氣太熱，她又停住了正要跨出的步子，在沙發上落了座，滿臉尷尬。

就在這時，一個保姆牽著一個小女孩走進屋子裏來，保姆身上穿的衣服沒一絲褶子，肯定剛剛洗過。

「我的心——肝，寶——貝，」她矯揉造作地叫喚著，同時不無誇張地張開她的胳膊。

「來，到媽媽這兒來，媽媽疼妳。」

保姆剛一鬆手，小孩就從屋子的那一頭跌跌撞撞地跑過來，跑到黛西跟前，然後撒嬌地一頭埋進她的衣裙裏。

「心——肝，寶——貝呀！媽媽沒有把胭脂弄到妳黃黃的頭髮上吧？來，站起來，過來，說一聲——您好。」

蓋茨比和我先後俯下身去，捏了捏那隻勉強伸過來的小手。在此之前，對於這個孩子的存在，他一直抱著徹底懷疑的態度，他不相信黛西居然會有孩子。現在她就在眼前，用膽怯的眼神打量著他，而他則是無比驚奇、不敢置信地盯著孩子看，彷彿她是從天而降。

孩子一邊說「媽媽，我早就穿好這一身了」，一邊又連忙將臉扭向黛西那邊。

「寶貝，妳媽媽想要讓別人看看，想為妳感到驕傲。」她把臉貼在白嫩的頸上，遮住了那上面唯一的皺紋。「我的心肝，妳可真是我唯一的小寶貝。」

小孩很聽話地答應著，「是啊，穿白衣裳的還有喬丹阿姨呢。」

「他們是媽媽的朋友，妳願意和他們待在一起嗎？」

她被黛西轉過身，這下她面對的是蓋茨比。

「他們如何？妳來評一評，小乖乖？」

「爸爸呢，爸爸幹嘛去了？」小傢伙毫不理會母親的提問。

「她和她父親一點也不像。她和我是一個模子刻出來的。」黛西說，「你們看她的頭髮，還有臉型，哪個地方不是和我的一模一樣。」

黛西身體向後一仰，靠在沙發上。這時保姆走向前，並伸出手來。

「過來，帕咪，上這兒來！」

「拜拜，小寶貝！」

小孩儘管捨不得離開，但她很明事理，順從地向保姆走去，只回過頭看了一眼，有點不情願。保姆一握住她的手，就把她拽到外邊去了。恰好這時湯姆進來，一個端著四杯杜松子利克酒的僕人跟在他後面，酒杯裏裝滿了響個不停的冰塊。

蓋茨比拿起一杯酒，頗爲拘謹地說道：「看起來這些酒應該不錯。」

他的話顯然起了作用，我們也迅速地喝掉了自己杯中的飲料。

「據說以後會一年比一年熱，這好像是我在某個雜誌上見過的報導。」湯姆和顏悅色地說，「地球的溫度也將一年比一年高，似乎它正在逐漸靠近太陽——不過——另一方面，太陽卻會一年比一年涼。」

「我們出去吧，」他建議蓋茨比道，「你不想轉轉我這個地方嗎？」

他們走出屋子，我緊隨其後，三個人走到外面的遊廊上舉目四眺。炎熱的海水在湛藍的海灣潛伏著一動也不動，一條小帆船緩緩地駛向一片活水區。

「絕好的運動！」湯姆讚賞道，「要是能和他一起在那兒玩上個把鐘頭，那才過癮呢。」

蓋茨比的目光追隨著這條帆船有好一會兒，接著，他抬手遙指海灣的對岸。

「我和你不是正對面嘛。」

「正是呢！」

於是我們的目光從玫瑰花園出發，經熱浪撲面的草地和海岸邊那些快要起火的雜草堆，然後停落在那艘小帆船上——它的白翼迤邐而行，襯托出蔚藍清新的天邊背景，它的前方就是繁星般散佈在海中的點點島嶼，就是風吹波湧的大海。

午飯是在餐廳裏吃的，餐廳外也有東西遮著，因此裏面也很陰涼，肚子裏裝滿了冰涼的啤酒和緊張的歡笑。

「大家還有什麼建議？比如今天下午呢？」黛西問道，「包括明天，包括今後這整整三十年，啊，一輩子簡直沒完沒了，都做什麼好呢？」

「別犯病了，」喬丹接口道，「等夏天過去，秋高氣爽，我們又得恢復枯燥的生活了。」

「但是也太熱了，我快受不了了。」黛西非常肯定地說，幾乎要忍不住了。

「一切都糟糕透頂。我們爲什麼不去城裏呢！」她的話剛一說完就被滔滔的熱浪捲走，在裏面亂撞，四處拍打。任人擺佈的熱浪被攪得亂七八糟。

「誰都知道可以把馬房改做汽車間，早就不是什麼新主意，」湯姆在對蓋茨比說，「但是你見過有誰把汽車間改做馬房的嗎？我算得上是第一個。」

「難道就沒人贊同進城去？」黛西仍不肯放棄。

這時，蓋茨比的眼光慢慢地移到她身上。

「啊，看起來你應該挺涼快的！」她嚷道。

他們一動不動地凝視著對方，旁若無人，目光在空中撞在了一起。全然不顧他們身邊的現實。

「你看起來總是那麼涼快，看上去……」她不斷地低語道，大概她也不知道自己在說些什麼。

這很明顯了，她是在向他表明心跡——她愛他，連湯姆•布坎農也明白了。他驚得目瞪口呆，他先看看蓋茨比，然後又死死地盯著黛西，彷彿他剛剛認出她就是他多年前就相知頗深的一個人，一時恍如夢中。

「有個做廣告的跟你倒是挺像的，」她神情自若地說，「做廣告的那人，你知道吧……」

「可以可以，我很高興能進城。」湯姆連忙中止了她這些沒頭沒腦的話，「走吧——爲什麼我們不一起進城去呢？走呀。」他從座位上起身，但是，在蓋茨比和他妻子之間飄蕩著他滿是猜疑的眼神，閃爍不定。無人回應他。

「你們都起來呀！到底去不去？」他惱火了，聲音也陡地提高了好多，「你們怎麼了？還等什麼呀？不走怎麼能進城呢？」

他舉起酒杯，他的手在微微發抖，看得出來他在極力控制自己。他一仰脖子，杯裏剩餘的啤酒大都從他的唇邊流下去，滴到地上。我們站了起來，不太情願地走到外面的石子汽車道上，準備經受熱浪不斷的衝擊。

黛西不以爲然，「怎麼？這就行動嗎？」她說，「就這樣？爲什麼不抽支煙再走？」

「可我們不是一直都在抽個不停嗎？連吃飯也沒停。」

「哦，要玩就痛痛快快地玩吧，求你了，」她懇求道。「天都熱死人了，咱們就不要再爭了，好不好？」

他閉唇不理。

「那就依你，你看著辦吧，」她說，「走吧，喬丹。」

她們到樓上去作一些必要的準備。西天深藍色的絨幕上飄起了一彎新月。我們三個男的就站在石子道上，用腳不斷地把滾燙的小石子踢來踢去，難堪的局面一直持續著。蓋茨比本來有一句話已經溜到了嘴邊，就在這時又改變了主意，可湯姆也轉過身面對著他，等待著他開口。

「這就是你所說的馬房？」蓋茨比支支吾吾地問道。

「從這條路一直往前走，走上大約四分之一英里就到了。」

「是這樣。」

時間凝滯了一刻。

「爲什麼我們要進城？到底去幹嘛？」湯姆怒不可遏地說，「女人家幹什麼事總是頭腦衝動。」

「這一路上是不是要拿點喝的？」黛西從樓上窗口探出身來喊道。
「好，威士忌我來負責。」湯姆答後就轉身進屋子裏去了。
蓋茨比轉向我說：「這是在他家裏，朋友，我什麼也不能說。」
「她的聲音太明顯了，」我說，「很明顯有一種……」我遲疑了一下。
「我從她的聲音裏感覺到了金錢。」他接過話來。
的確如此。那聲音裏滿是金錢——她的聲音裏源源不斷的魅力正是來自於此，那裏有抑揚動聽的歌聲，有金錢清脆的響聲……一座光芒四射的銀色皇宮中，國王的寶貝女兒，黃金女郎……這是一個充滿了金錢的聲音，我奇怪我怎麼就從來沒有察覺到這一點。
湯姆一邊走出屋子，一邊用一塊濕毛巾把一瓶酒裏得緊緊的。黛西和喬丹跟在他後面，兩人頭上都戴著閃閃發亮的又小又緊的帽子，薄紗披肩斜掛在她們手臂上。
「要不你們全到我車裏來吧，怎麼樣？」蓋茨比小心翼翼地提議。他摸了摸滾燙的坐墊。
「哎呀，我忘了停在樹蔭下了。」湯姆問他，「你這車用的是普通排檔嗎？」
「對呀。」
「那這樣吧，你來開我這個，讓我開你的車，怎麼樣？」
「只怕油箱裏的汽油不夠。」蓋茨比委婉地拒絕，這個建議顯然不合他的心意。
「汽油肯定足夠了。」湯姆大聲說。他檢查了一下油表。「我知道有個藥房，萬一不夠了的話。藥房裏可是應有盡有。」

眾人都不說話，覺得這句話似乎可有可無。黛西看看湯姆，娥眉微皺。這時，蓋茨比的臉上有一種難得一見的表情，既熟悉又從未見過，好像我以前只是聽人描述過似的，然而我自己卻無法把它形容出來。

「黛西，出發吧。」湯姆說著，用手推著她朝蓋茨比的車子走過去。他為她打開車門，但她從他的手臂圈子裏鑽了出來。

「你們的小轎車先走。你和尼克和喬丹坐一輛吧。」

她走的時候緊挨著蓋茨比，手在他的上衣上劃來劃去。蓋茨比車子的前座坐著喬丹、湯姆和我。湯姆這裏扳一下，那裏按一下，試著操縱這陌生的排檔，接著車子開動了，我們就衝進了酷熱之中，他們被遠遠地拋在腦後，連影子都看不到。

湯姆忽然問，「看，那個，看見了嗎？」

「什麼東西？」

他用銳利的目光直視著我，彷彿要把我看透，他肯定明白我和喬丹一直就對那事一清二楚。

「我很蠢，是不是？」他質問道，「我是蠢，但有時候我會有一種直覺，它明確地告訴我我該怎麼辦，它值得我信賴。你們或許對這個不屑一顧，但是事實……」

他閉口不語。就在這一剎那，眼前的要緊事逮住了他，及時地把他從岌岌可危的理論深淵的懸崖邊拉了回來。

「告訴你們，我調查過，查清楚了這個人的底細，」他滔滔不絕地說，「如果我知道……我本可展開更進一步的調查。」

「難道你要找一個算命的嗎？」喬丹調皮地說。

「你說什麼？」他完全沒明白，看著我們都在大笑不止，他一個人只有乾瞪眼的份兒。

「算命的？」

「調查蓋茨比的來歷。」

「調查蓋茨比的來歷！我沒有，不是這樣，當然沒有。我是說已經對他的來歷做過一些調查而已，而且還將進一步……」

「結果呢，他畢業於牛津大學?!」

「牛津大學，哼！」他不屑地說，「那一定是見鬼了。他穿一套粉紅色衣服。」

「不管怎樣，他就是畢業於牛津大學。」

「新墨西哥州的牛津鎮，」湯姆對此報以一聲輕蔑的冷笑，「或者和它差不多的什麼鬼地方。」

「湯姆，如果你真是對他不屑一顧，那你幹嘛還要和他一起吃午飯呢？假惺惺的！」喬丹氣憤已極地質問道。

「是黛西請他的。要我請他，他還不夠格呢，她在我們結婚以前就認識了他，天知道是在什麼地方認識的！」

剛才喝的啤酒帶來的酒意全都從我們身上跑掉了，我們現在都感到燥熱難耐，又都意識到了這一點，於是我們就沈默不語地開了一會車子。當埃克爾堡大夫無神的眼睛出現在大路的前方時，蓋茨比關於汽油不夠的警告一下子闖入我的腦子裏，我向湯姆提出了這一點。

湯姆斷然地說：「到城裏前的汽油肯定足夠了。」

「既然眼前就有一家車行，我們加點油又不礙什麼事，」喬丹反對說，「如果在這種大熱天裏車子忽然拋錨，那可是會要人命的。」

車猛地剎住了，湯姆情緒化地把兩個剎車都踩住，車子後面塵土飛揚，停在了威爾遜的招牌下面。車行裏隨後走出了老闆，兩眼發直地看著我們的車子。

「添些汽油！聽見沒有？」湯姆粗魯地叫道，「我們可不是停下來看他媽風景的。」

「你看不出來我不舒服嗎？」威爾遜沒挪動半步，「我生病了，已經一天啦。」

「你怎麼回事？」

「我不行了，老了。」

「難道要我自己加油嗎？」湯姆粗聲大氣地問，「我給你打電話時，你不還好好的嗎？」

威爾遜很艱難地從門口陰涼的地方走出來，擰油箱蓋子把他累得氣喘吁吁、大汗淋漓。在白得刺眼的日光裏，他的臉色鐵青得可怕。

「你覺得這一輛怎麼樣？漂亮嗎？」湯姆說，「我剛買的，上星期。」

「不錯，很好看。」威爾遜一面說，一面吃力地加油。

「動心了？」

「你想哪兒去了，」威爾遜有氣沒力地一笑，「我沒動這心思，那天我並不想在午飯時打擾你，可是我有急事，我想瞭解一下你準備把那輛舊車怎麼處理。我想我可以在那部車上賺上一筆錢。」

「出什麼事了？你急著要錢幹什麼？」

「我在這兒待膩了，想換個新地方住一住。我們想到西部去住住。」

湯姆大爲震驚，「什麼？你老婆想去？」嘴巴微微張開。

「她一直嚷著要去，都嚷嚷了十年。」他用手遮住陽光，靠在加油機上喘了口氣。「是我要她離開這裏。現在她是真的要去了，不管她現在願不願意。」

「油費多少？」湯姆粗聲大氣地問道。

「我察覺有些事情不太對勁兒，就是這兩天，」威爾遜說，「因此我要急著離開這裏，爲了那輛車子不得不打擾你。」

我們面前開過一輛小轎車，絕塵而去，車上有人衝我們揮了揮手。

「老兄，油費多少？」

「一塊兩角。」

我被撲面而來的熱浪搞得頭暈目眩，有一陣子我感到我快要吐了，然後才突然想到，到那時爲止，他還沒有懷疑到湯姆頭上來。他只是發覺茉特爾偷偷地過著她自己的生活，而那是他一無所知的另一個世界。這個發現像病毒一樣侵入他一向健康的身體，他生病了，而且病得不輕。他病得這樣厲害，看上去彷彿他剛剛把一個可憐的姑娘的肚子搞大了，犯下了不可饒恕的罪，他開始爲此而備受懲罰。我瞧瞧他，又瞧瞧湯姆，在三十分鐘以前，他也發現了——無論是在理解能力還是在種族方面，人們之間的所有區別都沒有病人與健康的人之間的差異那麼明顯，那麼深刻。

「那輛車子就算賣給你了，明天下午我就把車送到這兒來。」湯姆說。

那個地方不知爲什麼一直就令人感到說不出的不安，似乎有什麼隱隱的威脅，即使在明亮耀眼的下午陽光裏也是如此，因此我猛然扭過頭去，彷彿身後有個什麼東西正在逼近我。

在灰堆的上方，埃克爾堡大夫俯視著，兩隻眼睛大大地盯著，片刻之後，我發現還有另外一雙眼睛正在全神貫注地注視著我們，它們在二十英尺都不到的地方。

車行上面有一個窗戶的簾子微微向旁邊拉開，露出一條縫，茉特爾・威爾遜正站在那兒偷偷地向下看我們的車子。她是那樣地聚精會神，以致她絲毫沒有覺察到她也被別人發現了——她的臉上湧過一種接一種的感情的浪潮，就像一張照片上不同的物體先後慢慢地從模糊到清晰，然後被另一個物體替代。

她的表情既熟悉又蹊蹺——這種表情我時常能在其他女人臉上看到，可是它出現在茉特爾的臉上似乎毫無意義，也毫無理由，直到我弄清楚她那雙睜得大大、燃燒著嫉妒的雙眼不是看著湯姆，而是看著旁邊的喬丹・貝克，我才恍然大悟，原來她將喬丹誤認作了他的妻子。

我們的車子再次出發時，湯姆感到手足無措，內心亂成一團糟，理不出一點頭緒。就在一個小時前，他的妻子和情婦還是各不相擾的，同他的關係都是再穩當不過的，他還爲此暗暗得意，現在她們卻都正從他的控制下逃之夭夭，這突然的變故讓他不知所措。一個單純的人一旦慌亂起來，其後果是不可預料的。他下意識地使勁踩了一下油門，既要趕上黛西，又能把威爾遜遠遠地拋在身後，可謂是一舉兩得。於是，我們的車子以每小時五十英里的驚人速度朝著阿斯托里亞狂奔。

等到我們能看見那輛悠然自得的藍色小轎車時，高架鐵路的鋼架已在我們車子周圍布下了一張巨大的蜘蛛網。

「夏天的紐約一到下午這時候，人全不見了蹤影，真讓我喜歡。那些大電影院在五十號街附近，裏面會很涼爽。」喬丹興致勃勃地說，「這是一種很肉感的感覺——熟得不能再熟了，你只要伸出手，彷彿手心裏全是各種珍奇的果子。」

湯姆更加惶惶不安，「肉感」這個詞很刺耳，他本來就驚慌不已。可沒等他說不同意，小轎車就剎住了，黛西朝我們比劃著，意思是說讓我們把車開上去放在一塊。

「上什麼地方呀？」她大聲地喊道。

「去電影院如何？」

「那可受不了，那裏太熱了，」她嚷嚷著反對，「我們想吹吹涼風，你們去看電影吧。一會兒見。」接下來，她又勉爲其難開了幾句玩笑，「我們定好在那個路口會合吧，到時候我會裝成一個男人，並且叼上兩支煙。」

「我們要在這裏吵個沒完嗎？」這時，刺耳的喇叭聲從我們的車後傳過來。湯姆忍不住地加了一句，「我們到中央公園南邊的廣場飯店前面，不管什麼事都到那兒再說。」

他一路上幾次扭身去瞧他們的車子，一旦他們被交通堵住了，他就有意慢下來，等他們再次進入他的視野。看得出來他生怕他們會神不知鬼不覺地鑽進一條隱蔽的小巷，消息全無。他們並沒採取這種行動。會合後，我們大家都同意在廣場飯店租用一間套房的客廳，這個決定更加不可思議。

我們最終被那沒完沒了、吵鬧不休的爭論趕進了屋子，那場爭論也就此結束，事實真相究竟如何我至今也未弄懂，儘管我清楚地記得，那間房子很寬敞，但是很悶，都已是四點了，但打開窗戶只有一股從公園裏的灌木叢刮過來的熱風襲來。我還記得那天在這個過程中，我的內衣始終像一條又濕又黏的蛇一般從我的脊梁往上爬，同時我的背上冷汗橫流，我無比難受地忍受著這一切。租客廳的主意起源於黛西的一項提議，她主張大夥兒租五間浴室去沖冷水浴，後來「找個喝杯涼薄荷酒的地方」這個更明智的建議被採納了。所有人都反覆地說這是個「餿主意」，彷彿是在異口同聲地跟一個小心謹慎的旅館辦事員說話，自以為我們這樣很有趣，或者假裝認為。

後來黛西站起身來，走到鏡子前，背對著我們，整理她的頭髮。

「這間套房可真夠豪華的。」喬丹做出一副莊重的樣子，把大家都逗笑了。

「為什麼不把那一扇窗戶也打開呢？」黛西連頭也不回地下命令道。

「可所有的窗戶都開著了呀。」

「我們還可以打電話要把斧子……」

「你要是聰明點的話，妳就應該想點子涼快涼快，」湯姆不屑地說，同時打開毛巾拿出那瓶威士忌擱在桌子上。「妳再這樣嘮叨個沒完，只會更熱。」

「幹嘛老是跟他過不去呢，朋友？」蓋茨比打圓場說，「難道你不也是自願要進城的嗎？」

無人應答。啪的一聲，電話簿掉到了地上，喬丹小聲說：「不好意思。」可這次一點笑聲都沒有。

我想打破僵局，說道，「還是我來撿吧。」

「我已經找到了。」蓋茨比看了看那斷裂的繩子，「嚯」了一聲，隨即把電話簿拋到了椅子上。

「你都說上口了，對不對？」湯姆尖酸刻薄地說。

「什麼？」

「你到底是跟誰學的？滿嘴都是『朋友』『朋友』。」

「湯姆，我可警告你，」黛西從鏡子前轉過身來，「要是你想血口噴人，我馬上就走。做薄荷酒得用點冰，打個電話。」

這時，從底下舞廳裏傳來門德爾頌的《婚禮進行曲》那震耳欲聾的和絃，就像是火爐爆炸的巨響。

湯姆開始打電話。

「天熱得要命，竟然還有人成親！」喬丹不舒服地喊道。

「話是這麼說，但我成親時就是六月中旬，」黛西道，「六月的路易斯維爾！當時還有人昏過去了。湯姆，是誰昏過去了？」

「是畢洛克西吧。」他不甚在意地回答。

「『木頭人』畢洛克西，他靠盒子生意為生，姓『畢洛克西』。可他又恰恰是田納西州畢洛克西③市人，真是再巧不過了！」

「我們住的地方離教堂近，他們就把他送到了我家，」喬丹接著說下去，「除了我們家，就只有另外一戶人家了。他整整住了三星期，爸爸叫他走他才走的，爸爸在他離開後的第二天就去世了。」停了一會兒後她又補充道。

「不過這是兩件事。」我說道，「有一個叫比爾·畢洛克西的，我也認識，他是孟菲斯④人。」

「他離開之前，我對他的全部成員都很清楚。你說的那個是他的親戚。我打高爾夫球的輕擊棒就是他給的，我現在還留著呢。」

婚禮音樂剛奏響又沒了，同時一陣持續了很長時間的歡呼聲從窗口傳來，然後又有人在叫「不錯啊——好——好呀」。

當爵士樂響起時，跳舞正式開始了。

黛西感歎道，「不行了，我們全老了；要是我們再小十歲的話，我們也會跳上一曲的。」

「還有畢洛克西，可別把他給拋下了。」喬丹提醒她。「湯姆，你和他是怎麼碰上的？」

「妳是說畢洛克西？」他凝神思索了片刻，「不，我不知道此人，他是黛西的一個朋友，不是我的。」

「不可能。」她矢口否認道，「是你帶來的，這之前我從來不知道有這人。」

「我想起來了，是他說妳見過他。他還說他家鄉在路易斯維爾。阿莎・伯德把他帶來，要我們帶上他。」

喬丹微微一笑。

「或許他是沒錢了，想搭個便車回家。你們在耶魯時的班長是他吧？他說的。」

「你說畢洛克西是我們的班長？」湯姆和我彼此面面相覷。

「我要說的是，我們那時根本就沒有什麼班長這一說……」這時，蓋茨比的腳不安分地拍了好幾下，湯姆抬頭盯了他一眼，又開始緊瞅著他不放了。

「我說，蓋茨比先生，據傳你畢業於牛津。」

「大概也可以這麼說吧。」

「哦，是嗎，我聽說你去過牛津，是真的嗎？」

「我在那兒待過，沒錯。」

又是一陣沈默。隨即湯姆打破了這可怕的靜寂，他的聲音裏儘是不屑和輕視：「你在牛津的時候，一定是在畢洛克西上紐黑文的時候吧。」

又是一陣沈默。傳來一陣敲門聲，是茶房，端著敲碎了的薄荷葉和冰塊走了進來，他的一聲「謝謝您」和關門聲也沒能打破這令人難堪的沈悶。這個非同小可的關鍵問題快要水落石出了。

「我再重複一遍，我上過那兒。」蓋茨比心平氣和地說。

「我不聾，聽得很清楚，不過，問題是你究竟是幾時在牛津？」

「我在那兒僅僅只有五個月，是一九一九年吧。所以要說我是牛津校友，我還沒有完全的資格。」

湯姆看了看大家，想從我們臉上找到他的那種輕蔑，可惜我們大家都在目不轉睛地看著蓋茨比。

「戰後我們可以進英國或法國的任何一所大學，」他往下說，「軍官可以有這樣的機會。」

我心裏再次產生了一種對他的信任感，我以前曾體驗過。這時我突然產生一股衝動，我想過去用手拍拍他的肩。

黛西面帶微笑，起身走到桌旁。

「湯姆，把威士忌打開吧，」她用她慣常的命令口吻說，「我來做一些薄荷酒。你看，這些薄荷葉子！你喝了後起碼會聰明一點……」

「慢著，」湯姆嚴辭厲色地說，「還有一個關鍵問題，蓋茨比先生。」

「那麼儘管問吧。」蓋茨比仍舊不失禮貌地說。

「你究竟有什麼企圖，要把我們家搞亂到什麼地步你才稱心？」他們終於把問題挑明了來說，蓋茨比神情自若，這似乎正是他所希望的。

「他沒有搞亂我們家，」黛西驚慌地辯解道，她一會兒看看這一個，又看看那一個。「這些是非不都是你惹出來的嗎？把家裏搞得一塌糊塗。請你說話有分寸點兒。」

「分寸！」湯姆難以接受地嚷了起來，「是不是作爲丈夫最時興的做法就是睜一隻眼閉一隻眼，讓不知從哪兒冒出來的豬狗不如的東西跟自己的老婆放肆地拋媚眼，還假裝什麼都不知道。要是那才叫時興，嘿，我才不趕什麼時興呢，我寧願做個鄉巴佬……這年頭，家庭生活和家庭制度開始被這些傢伙糟蹋了，再這樣下去，他們就該主張黑人和白人通婚，再拋棄一切。」

他口無遮攔，紅透了臉，自居爲文明最後的堡壘上的最後一個孤獨的守護者。

「難道我們這裏有誰是黑人嗎？」喬丹不滿地說。

「我很清楚我的處境，你們都不站在我這邊，因爲我從來沒有舉行過什麼家庭聚會。在現在這種世道上，一個人要交上朋友大概非得把自己的家搞成豬窩不可。」

真是太滑稽了。雖然我們都覺得氣憤不已，可我一聽他說話就忍俊不禁，這樣一個下流貨居然頃刻間就滿口仁義道德地教訓起別人來。

「朋友，不光是你有不滿……」蓋茨比剛一開口，黛西就知道了他想說什麼。

「別說，好嗎？」黛西哀求地力圖阻止他的話頭，「爲什麼我們還不回家呢？難道還不盡興嗎？」

「對，我贊成！」我也起了身。「湯姆，我們回家吧，今天大家都玩夠了。」

「慢著，蓋茨比先生，你到底還有什麼話？」

「你從未得到你妻子的心，她心裏自始至終就沒有你。她的心一直在我身邊。」蓋茨比嚴肅地說。

「天啊，你沒病吧?!」湯姆驚叫道。

蓋茨比神情異常激動，從座位上跳了起來，一種巨大的力量充滿了他的全身。

「你明白了嗎?你一直都沒得到過她的愛，」他失控地喊道。「她之所以跟你成親，都是由於我當時沒錢，她覺得這樣的等待遙遙無期，她等不起了。她嫁給你是大錯特錯，她爲此後悔莫及，因爲她心裏只有我，沒有別人。」

湯姆和蓋茨比爭著硬把我們留下，雖然喬丹和我都想走得遠遠的，免得捲入其中，但是彷彿兩人都是清白的，彷彿在一旁傾聽他們的事情也是一樁難得的幸事。

「黛西，妳先坐下，」湯姆力圖做長輩狀，但聽起來絲毫不像。「到底什麼是事實?能不能告訴我真相？」

「你已經知道了，我剛才已經說過了，」蓋茨比對他說，「我們相愛五年了，整整五年你都蒙在鼓裏，一無所知。」

湯姆猛然轉身朝向黛西，「五年來妳一直背著我和這傢伙幽會？」

「不，沒有，我們從未見面，」蓋茨比說，「可是這也不能阻止我們倆相愛，我們的心始終在一起，老兄，你卻不知道。我以前常常不自覺地發笑，」可此刻他並無一絲笑意。「一想到你什麼都不知道，我就忍不住要笑。」

「只是這樣！」湯姆把他的粗指頭合攏在一起，就像牧師一樣，然後躺在背後的椅子上。

「你一定是個瘋子！」他破口大罵起來。「我不想再追究五年前的事，那時我和黛西還是陌生人——可是我真他媽的想不通你怎麼能沾到她的邊，除非你送些什麼破爛玩意兒到她家後門口，要不然打死我我也不相信。至於你其餘的話，都是他媽的胡說八道。你聽著，黛西跟我成親時她是愛我的，現在她心裏也只有我一個。」

「你錯了，」蓋茨比否定他。「她心裏只有我一個。只不過她時常想入非非，會做出一些她自己也覺得不可理解的事。但是毫無疑問她是愛我的，」他故作明智地點點頭。「而且，我心裏也只有黛西一個。當然，偶爾我也會荒唐一下，幹一些蠢事，不過我總是以家庭爲重，因爲我從未喜歡過別的女人。」

「我對你已經厭倦了，」黛西轉身對著我，然後繼續說，但她的聲音降低了一些，一種難言的不屑瀰漫在整個屋子。「我們爲什麼不繼續住在芝加哥，你明白其中的奧妙嗎？居然你沒聽說過那次他幹的好事。真是難得。」

蓋茨比來到她的身旁。

「忘掉不愉快的一切吧，黛西，」他嚴肅認真地說，「過去了就無關緊要了。只要妳跟他說一句實話，說妳心裏只有我，那一切也就過去了，徹底過去了。」

她淒迷地望著蓋茨比。「我喜歡他？不，難以想像！」

「黛西，說一句，妳心裏一直只有我，沒他。」

她遲疑不決。她的哀訴般的眼光直直地看著喬丹和我，好像她這才意識到自己正在做什麼，好像她自始至終所希望的是一切都從未發生過。然而如今，一切都已經發生了，無可挽回地發生了。

「我心裏只有你，沒有他。」很明顯，她很猶豫，壓根兒不是心裏話。

「真的嗎？在凱皮奧蘭尼時妳心裏也沒我嗎？」湯姆忽然問道。

「是的，也沒有。」

一陣陣熱氣帶著下面舞廳裏的低沈而悶人的音樂聲飄了上來。

「妳還記得我抱著妳從『酒桶號』上輕輕地下來，生怕沾濕了妳的鞋子，那時候妳心裏也沒有我嗎？」一股柔情從他的低沈的嗓音裏流露出來，他用這樣的聲音低聲喚了一句：「黛西？」

「你一定要追問下去嗎?」她的聲音仍然是冷冷的，但是先前的哀怨已煙消雲散了。她的目光落到蓋茨比身上。「傑，你看!」她無力地說，點煙的手在發抖。手裏的香煙和燃著的火柴被她猛地扔在地毯上。

「啊，你一定要逼我這樣嗎?」她對蓋茨比喊道，激動而絕望，「我此刻心裏只有你，你還要怎樣，你還想要什麼?往事已成定局，誰也無能爲力。我曾經愛過他，但是我也愛過你。」說到這裏，她無奈地抽泣起來。

蓋茨比的雙眼微微睜開了，接著又閉上。他呆呆地反覆說：「妳說妳也愛過我?」

「她說的根本不是真話，跟你沒一點關係了，她以爲你早就死了，根本不知道你還活著呢，」湯姆兇巴巴地說，「你明不明白，很多事只在黛西和我之間發生，你不可能完全擁有這些，這些事我倆將永世銘刻在心。」

蓋茨比的心頃刻間飄搖起來。

「黛西，我們好好談談好嗎?兩個人，」他固執地說，「妳現在情緒不太正常，我要跟妳談談……」

「就算只有我們兩個人，我也不能說我心裏只有你一個人，」她傷心地說，「那不是事實，即使說出來了也是撒謊。」

湯姆迎合她，「絕對是撒謊。」

「你說得好像你還會顧及我的感受似的。」她猛地轉身面對著她丈夫。
「妳懷疑這個嗎？妳難道不相信今後我會無微不至地對妳？」
「不可能了，她不會再給你這樣的機會了。」蓋茨比說，但他有些緊張，口氣並不是很有把握。「這你還看不出來嗎？」
「為什麼？」湯姆睜大了眼睛，放聲大笑起來。他現在可以自如地控制自己了。「誰敢這樣說？我們以後的時間還長著呢！」
「黛西不會再在你身邊了。」
「瞎扯。」
「是的，我不會再待在你身邊了。」顯而易見她說得很吃力。
「不可能，黛西會永遠留在我身邊的！」湯姆猛地又粗魯地大罵起來。「不管怎樣，我決不相信她會因為一個騙子而拋棄她的丈夫，你先看看你自己是什麼人，一個對她手指上的戒指也要打主意的騙子！」
「你再這麼說我可饒不了你！哎呀，為什麼我們還要留在這兒呢？」黛西喊道。
「你還不知道你是什麼貨色嗎？讓我來告訴你，」湯姆嚷了起來。「你不過是邁耶・沃爾山姆的那幫下等貨裏的一個小混混而已，你別想瞞我，我清楚得很。我對你的底細做過一些瞭解，我還要去瞭解一些你更見不得人的事。」

蓋茨比若無其事地答道，「你要幹什麼我管不著，夥計。」

「你那些『藥房』玩的是哪套把戲，我現在再清楚不過了。」他轉過身來，對著我們說得很快，「他和這個姓沃爾山姆的傢伙偷偷給人家喝酒精，還在本地和芝加哥買下了許多條小街上的藥房。這不過是其中的一個鬼把戲。他一出現我就看出他是個私酒販子，我猜得八九不離十吧。」

「這能說明什麼呢？」蓋茨比仍然鎮靜自持地說，「瓦爾特・蔡斯還和我們合夥呢，他不是你的朋友嗎，他也不認爲這很下流嘛。」

「他被你們害慘了，對不對？你們居然還害得他在新澤西坐了一個月的牢房。天啊！你知道瓦爾特談到你時說了些什麼嗎，你真應該知道。」

蓋茨比的臉上又出現了那種不熟悉可是認得出的表情。

「他找上我們的時候，身上沒有一分錢，他只想能有點錢，朋友，就是這樣。」

「告訴你不要再叫我『朋友』了，聽到了嗎？」湯姆喊道，但蓋茨比沒有搭他的腔。「瓦爾特本來完全可以告你違犯賭博法的，把你也送進牢房，但是沃爾山姆恐嚇他，他害怕了，就趕緊一聲不吭。」

「不止這些，開藥房之類還只是小事一樁，」見蓋茨比沒有吱聲，湯姆繼續說，「可是你們現在又想玩什麼新名堂，瓦爾特都沒膽對我說。」

我瞥了黛西一眼，她已驚呆了，愣愣地看著蓋茨比，又看看湯姆，再輪到喬丹——她又開始在下巴上讓一件無形卻很迷人的東西保持平衡。接著我轉身去看蓋茨比，他的表情嚇了我一大跳。他的樣子似乎剛把某個人殺了，不過我這樣說，可與他花園裏的那些謠言毫不相干。

他情緒緊張地向黛西辯解，而他剛才的表情不過剛剛消褪。他完全否認湯姆所說的一切，迫不及待地替自己辯護，說自己沒犯那些無人提及的罪名。然而他越是辯解，他就感到黛西離他越遠，最後，站在他面前的黛西彷彿已遠隔天涯。他只好噤口不說了，唯有那垂死的夢拚命想抓住那再也摸不著的東西，繼續抗爭著這個下午的無可挽回的消逝，向著屋子那邊那個已失去的聲音掙扎著，痛苦但並不絕望。

黛西又哀求逃離這裏。

「湯姆！求求你了，我們走吧，我不想再待在這裏了。」她的眼裏一片慌張，看得出來，不管她曾經有過什麼勇氣，有過什麼意圖，現在都已是絲毫不剩了。

「黛西，你們倆現在就走吧，」湯姆說，「妳還是和蓋茨比一起走吧。」

她又驚又懼地看著湯姆，簡直不敢相信自己的耳朵，但後者定要她去，表面上寬大為懷，其實是更大的侮辱。

「去吧。他會規規矩矩對妳的。他再蠢也應該明白他那不知天高地厚的小小的調情已經玩完了，我可以保證。」

接著，他們兩人一句話也沒說就起身走掉了，轉瞬間就從我們眼前消失了，變得微不足道，像一對孤零零的鬼魂，和世上的一切都隔絕了，甚至和我們的憐憫都隔絕了。

片刻之後，湯姆也起身，動手用毛巾把那瓶還沒來得及打開的威士忌又包起來。

「還需要這個嗎？我說，喬丹？……尼克，你呢？」

我不說話。

他又問了一句，「喂，尼克？」

「你說什麼？」

「想要點兒這個嗎？」

「不，謝謝……我忽然想起來我的生日不就是今天嗎？」

我已經三十歲了。一條新的十個年頭的禍福未卜的道路始料不及地展現在我面前，帶著令我不寒而慄的陰險。

我們和他一塊坐上小轎車，回到長島時已是七點了。不能對人的同情心抱過高的期望，當他們那些可悲的爭論和身後的城市燈火一道逐漸退隱時，我們不僅沒感到多少遺憾，甚至打心眼裏感到有些高興。一路上，湯姆說個沒完沒了，還不時心懷坦蕩地放聲大笑，但是對於我和喬丹來說，他的聲音就和人行道上的人聲和頭頂上高架鐵路轟隆隆的車聲一樣嘈雜而空洞。已經三十歲，展望眼前這十年的孤寂，可交往的獨身者逐漸稀少，頭髮逐漸掉光，曾經的激情也逐漸退潮。幸好我身邊還有喬丹，跟黛西不同的是，她雖年輕，但懂得生活，不會把早就應當忘懷的舊夢年復一年地深藏於內心。

我們的車駛過黑乎乎的鐵橋時，她蒼白的臉懶洋洋地靠在我的肩膀上，她的手使勁地握緊我的手，緩解了我三十歲生日的可怕虛無感。

傍晚，暮色降臨。酷熱稍退，趁此略微涼爽的晚風，我們向著死神飛速前奔。

驗屍時的主要見證人，是那個灰堆旁的小咖啡館經營者——一個年輕的希臘人米切里斯。那個苦夏他五點以後才睡醒，悄悄地溜進車行，在辦公室裏發覺喬治•威爾遜病了。他的臉色白得像一張白紙，渾身顫抖個不停，毫無疑問他是真的病了。米切里斯勸他去睡上一覺，但威爾遜堅決反對，生怕會因此漏掉任何一樁買賣。他的這位鄰居正打算打消他的念頭時，突然有人在樓上吵起來。

「上面鎖著我老婆，是我幹的，」威爾遜異常平靜地說。「她得在那兒待上兩天，我們後天就離開。」

米切里斯著實吃了一驚：整整四年了，他們比鄰而居，這種話從威爾遜的口裏說出來是從來沒有過的怪事。他自己毫無主張，所有事情都由他老婆作決定。通常情況下，他總是一副精疲力竭的樣子，沒活幹的時候，他就搬把椅子在門口坐著，愣愣地看著門前穿梭的行人和車輛，沒有一點兒生氣。無論跟誰說話，他從來都是非常和氣的，還會有氣沒力地咧咧嘴唇。

自然而然，米切里斯就問到底怎麼了，威爾遜不但守口如瓶，一個字也不肯透露，相反，他用狐疑的目光打量起這位不速之客來，還一再地盤問他某個日子某個時間他在哪裡在幹什麼。米切里斯感到渾身發毛，恰好這時門口走過幾個工人，他們朝他的餐館走去，趁此機會他趕緊溜走，還想著過一會兒再回來。但是他後來並沒有再回來，他想他可能沒記住，此外無它。他走到外面，這時才七點剛過，聽到了威爾遜太太就在樓下車行裏歇斯底里地大哭大嚷，才記起先前的這次談話。

「你打吧，打我呀！」他聽見她大聲嚷嚷著。「讓你打，讓你揍，你打呀，你這個丟人沒本事的下流胚。」

隨後她就衝出門來在大路上狂奔，手一邊亂舞嘴裏一邊嚷嚷，悲劇就發生在這一瞬。

按報紙上的命名，那輛「凶車」在黃昏中出現，事發後只悽惶地猶疑了剎那，然後一轉彎就消失了，連停都沒停一下。米切里斯連車子的顏色都不能肯定，他告訴第一個警察說是淺綠色，第二個警察問他時，他的回答卻是米黃色。另一輛車是開往紐約的，開到一百碼以外停了下來，開車的趕緊跑回事發地點，只見茉特爾・威爾遜直直地在公路中央跪著，當下就香消玉殞，流出的血已變濃發黑，與塵土化爲一體。

首先跑到她身邊的是米切里斯和這個開車的，她的嘴麻木不仁地大張著，嘴角有一處地方擦破了，彷彿她在釋放積蓄了一生的過於充沛的生命時意外地暫停了一下。他們慌慌張張地撕開她汗濕的襯衣，但是她左邊的乳房已經無力地垮下來，因此也就沒有必要再去試是否還有脈搏。

老遠就有三四輛汽車和密密的人群出現在我們眼前。

「出車禍了！」湯姆說，「不錯，總算給威爾遜帶來點生意。」

他緩行開車過去，卻無意停留，直至我們能夠看清楚車行門口那群人屏息以待的臉。

「爲什麼不過去看一眼呢？」他心神不定地說，忽然把車刹住，「就看一眼，看一眼就行。」

我們走出轎車向車行門口去，這時，車行裏傳出一陣陣空洞的哀號，其中反反覆覆、氣喘吁吁地喊著「天啊！」。

「到底怎麼了？我去瞧瞧！」湯姆興奮地說，他隨即把腳踮起，目光越過一圈人的頭頂，望見車行天花板上點著一盞掛在鐵絲罩裏的電燈，一圈昏黃微弱的燈光散發出來。他哼了一聲，然後他那兩隻格外有勁的手臂猛然向前一推，就從人群中鑽了進去。

人群被衝散開後又迅速匯合起來，發出一陣陣嘰裏咕嚕的嘈雜聲；有那麼一兩分鐘我一無所見，只能乾站著。後來新的人又把圈子衝鬆動了一些，不知不覺中，我和喬丹也被擠到了中間。

似乎她還會在這樣悶熱的夏日晚間著涼，茉特爾・威爾遜的屍體擱在牆邊一張工作臺上，它被裹在一條厚厚的毯子裏，這還不算，外面再包上一條毯子。

我正納悶那些迴盪在空空的車行裏的大聲的痛楚聲到底來自哪兒，然後，我就看到威爾遜站在他的辦公室的門檻上，兩手抓著門框不放，搖擺著身體，姿勢很難看。有一個人在低聲和他說著什麼，不時想把一隻手放在肩上，但威爾遜沈湎在自己的悲痛裏，什麼也看不見，什麼也聽不見。他的目光從那盞搖晃的電燈緩緩地移到那張停放著屍體的桌子上，然後又突然回到那盞燈上，同時，他那高昂的、恐怖的哀痛一刻也不停歇地震著我們的耳朵：

「天啊！我的上……帝啊！天啊，我的上……帝啊！哎呀，我的上……帝啊！哎呀，我的上……帝啊！」

湯姆背對著我們低頭在工作臺旁看著，半天一動也不動。一名摩托車警察站在他身旁，正往一個小本子上抄人名，寫了又改，他的臉上汗流涔涔的。過了片刻，湯姆猛地抬起始終低著的頭，他的麻木的目光環視了一下四周，然後轉過身對警察說了一句話，但聽不清說的是什麼。

警察說道，「M—a—v—」「—o—」

「你聽錯了，是r—」那人糾正他，「M—a—v—r—o—」

「我說，夥計！聽我說一句。」湯姆惡狠狠地說。

警察還在自言自語，「r—」「o—」

「g—」

「g—」他肩膀上被湯姆的大手猛地很有力地拍了一下。他仰頭看了一眼。「什麼事，老兄？」

「出什麼事了？能給我說說嗎？」

「她被車撞死了，當場就死了。」

「馬上就死了。」湯姆機械地反覆說著，眼神空洞。

「在路中央，她跑到路中央，那輛車剛好開過來，那下流胚連停都沒停一下。」

「那時路上共有兩輛車，」米切里斯說，「一輛朝這邊，一輛朝那邊，就是這樣。」

「什麼？什麼方向？」警察反應很快。

「一個來，一個去，方向相反。喏，就是她，」他的手朝毯子伸出去，但忽然又停住了，縮回原處。「她跑到外面路中央，紐約來的那輛車時速起碼有三四十英里，當頭就把她給放倒了。」

「那麼你們這兒是哪兒？」警察繼續問道。

「我也不知道，還沒有名字。」

一個黑人走上前來，他臉色蒼白，打扮很得體。

「那輛車是黃色的，是輛很大的黃色汽車，剛買的。」他肯定地說。

警察對他說，「你是目擊者嗎？」

「不，我不是，不過，我倒是看到那輛車子發狂一般從我身邊開過，速度絕不止四十英里，應該有五六十英里。」

「那你到我這兒來，登記一下。讓一讓，閃條道來，我要記一下。」

辦公室裏發出的呼號有了新的主題：「我知道那是什麼牌子的車。我還需要你來告訴我車是什麼樣的嗎？我自己知道得一清二楚。」在辦公室門口搖晃的威爾遜定是聽到了上面那段對話裏的幾個字。

我看著湯姆，發現他的上衣下面那團肩膀後側的肌肉抽動起來。他幾個大跨步就走到了威爾遜面前，一把抓住他的胳膊。他的沙啞的聲音裏帶著撫慰，「你得先平靜下來，鎮定一點！」

威爾遜的目光從那盞燈上收回來，停在了湯姆身上，他受驚地踮起腳尖，要不是湯姆及時扶住他的話，他肯定當下就倒在地上了。

「聽我說，今天下午我開的那輛車子不是我的，你聽明白沒有？我們談過話之後，我就再沒有看到過它。」湯姆一面說一面輕輕地搖著他，似乎要將他搖醒，「我剛從紐約趕來，是要把我們談過的那輛小汽車給你送來。」

那個黑人和我靠得很近，只有他和我可以聽清湯姆所講的話；但那個警察也聽出了他的聲調不太對勁，於是他機警地朝這邊看過來。

「剛才你對他說了些什麼？」

「我們是一塊的，他是我的朋友。」湯姆轉身過來，抓住威爾遜領子的兩手沒有放鬆絲毫。「他說他認得那輛凶車，那輛車是黃色的。」

警察下意識地用懷疑的、古怪的眼光盯著湯姆。「我倒問一下，你車顏色是什麼樣的？」

「藍色的，是一輛藍色的小轎車。」我補充說，「我們從紐約剛過來。」

我們的話被一直在我們後面不遠處開車的人證實了，警察這才轉過身，放過了我們。

「對不起，麻煩你讓我再把那名字正確地……」

接著威爾遜被湯姆像拎小雞般拎了起來，拎到辦公室裏才把他放下來，擱在一把椅子上，然後湯姆再過來。

「我看他現在需要人和他待一會。」他掃視了一番四周，這時離得最近的兩個人彼此對視了一陣，然後慢吞吞地走進了那間屋子。他們剛一進屋，湯姆便轉身關上門，走下臺階時，他的眼睛有意避開了那張桌子。他經過我身邊，我聽見他對我低聲說：「我們可以走了。」

人群仍舊擁擠不堪，他仍舊用他那頗有威懾力的胳膊開路，途中，我們與一位匆匆趕來的醫生迎面相撞，他手裏拎著醫藥箱，那是半個小前以前心懷僥倖的人叫來的。

上車之後，車速很慢，拐過那個彎後，湯姆突然猛踩油門，於是小轎車飛馳起來，路兩旁的燈火如同一條條火線急速掠過。過了片刻，我聽見一聲低低的抽泣，隨即看到他滿臉都是淚水。

「下流胚！沒種的下流胚！」他抽噎著說，「居然連停都不停。」

從黑乎乎、被風吹得颯颯響的林木中間，布坎農家的房子凸現出來。湯姆把車停在門廊旁邊，抬頭向二樓望去，在那裏，燈光把掩在藤草間的兩扇窗戶映得亮如白晝。

「這就是黛西家，」我們從車裏出來時他說。他瞥了我一眼，眉頭微皺。「如今我們可沒什麼好玩的了，尼克。在西卵我就應當放你回去的。」

我們走過月色如水的石子路向門廊走去時，他沒費幾句話就把眼前的情況處理好了。一種變化正在他身上發生，他現在說話的口氣不但很端正，而且相當決然。

「你坐計程車回家，我去打電話叫車。在車子到之前，你和喬丹最好上廚房看看有什麼吃的，不然就讓他們給你們做一點。」他推開了大門，衝我喊道，「來吧。」

「別再折騰了，你的好意我心領了，我一點都不餓。不過計程車看來還是得勞你的大駕了。我會在門口等著。」

喬丹和我手挽著手，睜大眼睛直視著我。

「你也走？不再和我們再待會了嗎？尼克？」

「那就太打攪妳了，下次吧，多謝妳的好意。」突然間我只想獨處，心情有些難受。可是喬丹不想馬上就走，「可畢竟現在剛九點半。」她說。

無論如何我都不願意再待下去了，今天我實在是厭倦了他們幾個人，甚至還有喬丹也列在了他們中間。她肯定從我的神態中或多或少地察覺出了這一點，她臉色忽然變得有些異樣，猛地掉轉身，跑上臺階然後衝進屋子裏去了。

我頹然地坐下，雙手抱著頭，不知過了多久，我聽見屋子裏打電話的聲音，又聽見有人在叫計程車，我聽出那是男管家的嗓音。於是我站起身來，順著汽車道緩緩地走著，打算到大門口去等車。

我只走了二十碼就停住了，因爲我聽見有人叫我。接著從兩叢灌木叢中間走出一個人來，等到那人走到小道上的時候，我才認出他就是蓋茨比。我當時已經暈暈忽忽的，腦子裏一片空虛，除了他那套在月色下亮閃閃的粉紅色西裝之外，我什麼都想不到。

「你到底在做什麼？」我問他。

「什麼也沒幹，就在這兒，朋友。」

無緣無故地，我覺得這種行徑似乎非常卑劣可恥。也許他準備立刻就去把這個人家搶個一乾二淨呢；但即便他這麼做，我也不會感到意外，因爲我看到許多「沃爾山姆的人」的面孔，打著邪惡的印記的面孔，在他身後的黑黝黝的灌木叢中埋伏著。

「這一路上，是不是出了什麼事？你看見什麼了嗎？」沈默了一會兒他問道。

「是出了一點事。」

他猶豫了片刻又問，「她死了嗎？」

「當場就沒氣了。」

「果然如此。不出所料。我對黛西說可能是出人命了。她表現得並不脆弱。一下子受場大的打擊，或許反倒好得多。」他這樣說，彷彿其他的事情都無足輕重，唯一重要的是黛西如何。

「我是從一條小路繞到西卵的，把車子停好。也許有人看見我們了，不過這種可能性很小。但我不能完全肯定。」他繼續說。

我心裏此刻已對他充滿了反感，我覺得是不是告訴他事實和他想的完全相反已經無關緊要了。

「出事的女人到底是什麼人？」他問。

「那個車行就是她丈夫開的。她跟她丈夫姓威爾遜。我說，你當時究竟怎麼了？」

「嗯，我沒能及時把方向盤扭過來……」說到這兒，他忽然停下了，我也一下子明白了當時的情形。

「當時開車的是黛西吧？」

「不錯，」停了一會，他接著說，「你知道，我肯定會說出事的時候是我，而不是她。我們從紐約出發時，她太激動了，她誤以爲開開車或許可以使她放鬆下來，誰知那個女人突然向我們跑了過來，可這時一輛車子當面開過來從我們車旁擦過。雖然這事就是一眨眼的工夫，但我覺得她似乎把我們當成了她所熟悉的人，並且想要跟我們說什麼。黛西當時慌得不知所措，起先她還把車子從那個女人身邊轉向那輛車子，接著又轉了過去。劇烈的晃動從方向盤頓時傳到了我的手上。我當時就想，完了，這女人肯定完了。事情就是這樣。」

「她躺在地上，腦漿四濺……」

「朋友你別再講了。」他躲躲閃閃地說，「不管怎樣，黛西當時也已盡力了，她也想刹住車。我企圖使她穩住，可她控制不了，沒辦法，我只能用緊急刹車。就在這當兒，黛西嚇得暈了過去，倒在我膝蓋上人事不醒，車子就由我開到這兒。」

停頓片刻之後，他又開口了：「過上幾天她就沒事了。我在這兒等等，只是想看看他會不會因爲今天下午的事而對她怎麼樣，我很擔心。現在她把自己關在屋子裏，一旦他找她的麻煩，燈會先滅掉隨即再打開，好讓我知道。」

「你放心，黛西不會有事的，他不會找她麻煩，」我說，「他現在滿腦子裝的不是這事。」

「難道現在我還能相信他嗎?朋友。」

「那你還要在這兒待到幾時？」

「看情況吧，或許我就等上整整一夜。最起碼，我得等到他們都休息了。」

我望著那座房子，樓下有兩三扇窗戶是明亮的，還有二樓的房間透出的粉紅色的燈光，那是黛西的臥室，其餘的部分都被黑暗吞噬掉了。一個新念頭傳到我的腦子裏。要是有人告訴湯姆，當時是黛西開車，他可能會認爲這齣事故並非是純粹的意外事件，他可能懷疑一切。

「我去瞧一眼，你別動，看看有沒有吵架。」我對他說。

我繞著草坪走回去，跨過石子車道，然後輕手輕腳上臺階，走到遊廊裏。屋子是空的，他們忘了拉上客廳的簾子，裏面一個人也沒有。我穿過陽臺——我仍記得，我們在這兒一起共進晚餐，那是三個月以前六月的晚上——站在食品間的窗戶前（大概是），裏邊有一小片長方形燈光。我好不容易找著了一個縫，因爲窗簾遮掩得很嚴實。

廚房桌子的兩邊，黛西和湯姆相對而坐，一盤冷了的炸雞和兩瓶啤酒放在兩人中間的桌子上。雞和啤酒都沒有動。隔著桌子，他正全神貫注地跟她說著什麼，神情很投入，還用他的大手握著她的纖細的手。她時不時地抬起頭來看著他，一邊認真地點頭表示贊同。

他們相互心有芥蒂，可在這一場景下，誰還能說他們之間沒有幸福感嗎？一種很感人的家庭夫妻情緒在眼前這幅圖畫裏無比清晰地顯現出來，任何人看見了，都會猜測他們倆在一塊兒策劃什麼秘密事件，而這只有他們倆知道。

我又輕手輕腳下去，這時，我聽見我的出租汽車行駛在黑暗的道路上，馬上就會開過來。蓋茨比仍舊站在原地，一門心思地等著我返回。

「他們沒再出什麼事吧？」他迫不及待地問道。

「放心，平安無事了，」我遲疑了片刻說：「你可以回家休息了。」

他不同意，說：「不，我心裏還不踏實，黛西休息後我才能安心。你先走吧，路上當心點。」

他急切地回過頭去注視著那扇窗戶，雙手放在上衣口袋裏。此刻，似乎除她之外的任何事物都是對他虔誠心靈的玷污。幸好我還知趣，我坐上車走了。他獨自在如水的月色裏，癡癡地望著那扇窗，像個騎士。

①特里馬爾喬：古羅馬作家皮特羅尼斯的《諷刺篇》裏的一個人物，是個喜好大宴賓客的暴發戶。

②湯馬斯・布坎農：即湯姆・布坎農，湯姆係湯馬斯的暱稱。

③盒子、木頭人在原文裏，都和畢洛克西諧音。

④孟菲斯（Memphis）：田納西州的一個城市。

第八章　艷殤

那天夜裏，海灣上有一個霧笛在不停地嗚嗚響著，我在可怕的現實與恐怖的噩夢之間疲於奔命，像是一個垂危的病人，整整一夜我都無法入睡。天亮時分，我聽見一輛出租汽車開上了蓋茨比的車道，我立刻從床上跳下來快速穿上衣服，我覺得我有事要馬上警告他，刻不容緩，早晨再見面就來不及了。

他的大門還開著，我進去後，發現他在門廳裏的一張桌子旁邊站著，身子幾乎全都靠在上面，不知是由於沮喪還是睡眠不足，他看起來已是精疲力竭。

「什麼事也沒有發生，我一直在那兒等著，什麼動靜也沒有，」他有氣沒力地說，「大約四點鐘的時候她走到窗口，站了幾分鐘，然後就把燈關掉了。」

接下來，我和他穿過一排排的大房間就爲了找香煙，我們推開有帳篷布那麼厚的門簾，然後在彷彿沒有盡頭的黑暗牆壁上一陣亂摸尋找著電燈開關，有一次，我甚至哐啷一聲摔在一架幽靈般的鋼琴的鍵盤上，鋼琴發出一陣雜亂無章的、令人毛骨悚然的怪響。我第一次覺得他的別墅大得無邊。到處都是成堆的灰塵，多得不可思議，所有的屋子都散發出令人窒息的發黴的氣味，彷彿有許多年沒開窗透氣了。最後，我們終於在一張陌生的桌子上找到了一盒發黴的香煙，事不湊巧，裏面只有兩根乾癟醜陋的紙煙。沒有辦法，我們一人一根，打開客廳的落地窗坐了下來，對著外面沈沈的黑夜噴吐煙圈。

「你應當離開一陣子，」我說，「不用說，他們肯定會追查到你的車子，到時恐怕……」

「你是說要我現在離開？」

「是呀，要麼到大西洋城①去，要麼往北到蒙特婁②去，反正到其他地方至少待上一個禮拜。」

但他拒絕考慮我的建議，他不能撇下黛西不管，他要知道她會作出什麼決定，他知道這是他最後的希望，他一定要盡力抓住它。其實，我也不忍心叫他撒手。

就是在那個夜裏，我知道了他過去的一些經歷，知道了他在丹·柯迪身邊度過的離奇歲月。我想那時他可以把一切都毫無保留地告訴我，因為「傑伊·蓋茨比」已經被湯姆的惡意徹底毀滅，他已經徹底灰心，心中的狂想也就此停息。不過他唯一想談的是關於他和黛西的往事。

她是他所認識的第一個「好姑娘」。他為她神魂顛倒。在此之前，他也曾以各種深藏不露的身分接觸過一些類似的「好姑娘」，但每次他都感覺有所隔膜，一層無法穿透的無形的牆擋在他們之間，因此他從未真正戀愛過。

自從第一次認識她後，他就開始頻頻上她家去，起先為了掩飾尷尬，他還和泰勒營的其他軍官一同去，後來漸漸相熟，就獨自前往。她的家使他備感驚異，他以前從來沒進過如此美麗的住宅。這房子充滿了扣人心弦的神秘氣息，它似乎在暗示樓上還有更多、更美麗而且更涼爽的臥室，走廊裏每一處都有愉快而精彩的活動，都有一段浪漫的故事，它們可不是用熏香草保存起來的，不是黴烘烘的，而是無比鮮活的，就像剛剛問世的雪亮的汽車，或是鮮花還未枯萎的舞會。但是它之所以有一種讓人不勝嚮往的強烈的情調，卻是由於她住在那裏，儘管這所房子對於她是平淡無奇的，就像軍營裏的帳篷已讓他習以爲常一樣。不知有多少男人愛過黛西，這在他眼中抬高了她的身價，使他爲之激動不已。他感到他們仍在她家裏走動著，到處都有跡象來證實他們的存在：空氣中浮動著仍在顫動的愛情的陰影和回聲。

然而，他深知他能夠出入黛西家純屬偶然。也許作爲傑伊・蓋茨比會有一個遠大前程在全心地等著他，但是到目前爲止，他仍然不過是一個沒有任何權力和地位的年輕人，而且，那件唯一可以證明他的些許榮耀的軍服，隨時都有可能從他身上脫落，那時，他的境況將更加窘迫。因此，他對他可能得到的東西極盡掠奪之能事，可以說，爲此他充分利用了他的時間，不久以後，終於在一個靜悄悄的十月的夜晚，他佔有了黛西，而這種行爲恰恰證明了他連摸摸她的手的正當權利都沒有。

或許他應該因此而看不起自己的，因爲要不是靠了欺騙的手段，他是不可能占有她的。我這樣說，並非是指他利用了他那並非實有的百萬家財，而是他有預謀地給黛西製造一種假象，使她相信他跟她是門當戶對，相信他有足夠的能力照顧她，相信他能給她帶來幸福。事實上，他完全缺乏這種能力——他背後並沒有一個寬裕的家庭背景，而且，只要討厭的政府一紙令下，他隨時都可能被調到世界上任何一個角落裏去，使她對他的信任全盤落空。

但是事情發展的最後結果使他無須這般自責，他並沒想到會有這樣的結果。他起先很可能只是想及時行樂，然後抽身一走了之，但是現在一個變化出現在他身上——他發現他已經在不知不覺中獻身於追求一種理想。他知道黛西並不是個普通女子，他強烈地感覺到她很不一樣，但這種不一樣的程度他始終不可把握。他覺得他已經和她結了婚，但也僅此而已。

她又回到了她那豪華的住宅裏，回到她那幸福美滿的生活，他感覺她頓時從他的視野裏消失了，沒有留下任何東西，他似乎什麼也沒有得到。

兩天以後再度見面時，情勢似乎發生了一百八十度的大變化，這一次反而是蓋茨比顯得心慌意亂，彷彿上了當受了騙。燦爛的星光如水一般浸著她家的涼臺，她著了涼，因而她的聲音比平時更沙啞，更讓他著迷。她轉過身給他送上她那奇妙、動人的芳唇時，時興的長靠椅的柳條在後面發出不安分的吱吱的聲響。一套套時裝可以使人保持永遠的清新，無窮的財富可以拘禁又可以同時保存青春和神秘，在那個晚上，蓋茨比深切地體會到了這一切。他意識到，黛西就像新月一樣皎潔，在一切普通人正在進行殘酷的生存鬥爭時，她傲然地安居其上。

「當我意識到自己愛上了她以後，你知道我是多麼地驚訝，真是沒法向你形容，老兄。有一段時間我甚至希望她甩掉我算了，但她沒有那樣做，因爲她也愛我。她認爲我知道得很多，其實是因爲我知道的和她知道的不一樣……唉，我就成了那樣子，每一秒鐘都在情網裏越陷越深，完全不能自拔，把曾經有的雄心壯志扔在一邊，我什麼都不管，什麼都不在乎了。既然從未告訴她我打算要做的事之中我能得到更大的快樂，那麼又有什麼必要真的去做這些事呢？」

在他動身去海外參加戰爭的前一個下午，那是一個寒冷的秋日，屋子裏的火燃得很旺，黛西的兩頰被映紅了。他默默無言地把她摟在懷裏很久很久。在他的懷中，她不時地動一下，他也隨之稍稍變動一下他胳膊的姿勢，有一次，他還俯下身去吻了吻她那烏黑發亮的秀髮。

這個下午已經使他們平靜了下來，她的無言的嘴唇掠過他上衣的肩頭，要麼他輕柔地觸一觸她的指尖，彷彿她正在沈睡之中，即使在這一個月的相愛中，他們倆也從來沒有像這樣心心相印過，也從來沒有像這樣親密無間地互訴心曲。他們彷彿要在他們的記憶裏留下一個意味深長的深刻印象，以便爲第二天就要開始的漫長的離別做好準備。

在戰爭中他表現極佳，還沒上前線他就已經是一名上尉，經過阿貢戰役後，他就被晉升爲少校，擔任師機槍連的連長，可謂是一帆風順。停戰後，他爲申請回國而急得快要發瘋了，結果卻被送進了牛津。黛西信中不斷流露出來的絕望和抱怨使他心煩意亂起來。她不理解他爲什麼不能回來。她感覺到外界施加於她的強大壓力，因此她尤其需要見他，需要有他在她身邊，需要他不斷地安慰她，對她所做的事完全表示讚賞。

黛西畢竟還很年輕，而且她的世界裏充滿了鮮花、勢利而快樂的時尚和音樂——就是這些音樂決定了當時的步履，譜寫新的曲調來抒發人生的歡愉和哀愁。薩克斯管通宵達旦嗚咽著《比爾街爵士樂》那傷心至極的悲歎，與此同時，有楚楚動人的面龐飄來飄去，像是被憂傷而淒涼的喇叭吹落在舞池裏的片片玫瑰花瓣，還有一百雙金舞鞋踏起的陣陣塵土在燈光下閃閃發亮。每天的晚茶時分一過，總會有一些房間由於這種狂熱而處在不停的震顫中。

在這個若明若暗的世界裏，隨著社交忙季的到來，黛西又開始活躍起來。她又重新每天和五六個男人約會五六次，直到黎明時分才疲倦不堪地倒在床上就寢，晚禮服的珠子和綢紗丟在她床邊的地板上，同萎謝的鮮花糾纏在一塊。她感到要立刻解決自己的終身大事，事不宜遲，她內心深處渴望作出一個決定，而且促使作出這個決定的，必須是一股可以把握的力量——比如金錢啦、愛情，等等，只要是能夠切實打動她的東西。

四月的時候，那股力量終於由湯姆・布坎農帶來了。他不僅身強體壯，而且腰纏萬貫，這使黛西心裏感覺踏實，有一種幸福感和安全感。在經過一番激烈的思想掙扎之後，黛西猶豫的心終於作出了決定，它決定選擇湯姆・布坎農，這個好不容易作出的決定使她感到如釋重負。收到這封信時，蓋茨比還身在牛津。

這時長島上已經破曉，我們走過去打開了樓下的其餘窗子，讓由灰白漸漸變成金黃的光線到達屋子裏的每一個角落。空氣中浮動著一種緩慢的愉快的動靜，還不能說是風，但足以預示著一個涼爽的天氣。一顆露水忽然反映出一棵樹的影子，而在藍色的樹葉中精靈般的鳥兒開始引吭高歌。

「我可以確信她從來沒有愛過他，」蓋茨比在一扇窗前掉過身來，望著我的眼睛裏充滿了挑戰的意味。「我告訴你，老兄，她今天下午太緊張了。他污衊我，把我說成是一個卑鄙無恥的大騙子，他說這些話的方式把她嚇壞了，結果她連自己在說些什麼也不知道了。」

他坐了下來，悶悶不樂的樣子。

「也許她愛過他一陣子，不過，那只是在他們剛結婚的時候——也正是在那時，她愛我愛得更深，你能明白嗎，老兄？」接著，他說了一句沒頭沒腦的話。

「不管怎樣，」他說道，「這純粹是個人的事情。」

對這句話你是如何理解的呢，難道說他對這件事的看法中，含有某種強烈的尚不為人知的激情？

他從法國回來後，湯姆和黛西還在結婚旅行的途中，他的軍餉所剩的錢只勉強夠路費，於是他用這筆錢坐上開往路易斯維爾的車子，開始了他痛苦不堪而又身不由主的故地重遊。他在那兒把當年他倆在十一月的夜晚並肩散步的街道從頭走了一遍，又重訪了他倆那時開著她那輛白色跑車去過的一些偏僻地方，這花去了他一個禮拜的時間。正如黛西家的房子在他眼裏比任何別的一間房子都要神秘和美麗，現在路易斯維爾這個城市本身，儘管她已不再置身其中了，但在他眼裏還是別具一種憂鬱的美。

他離開這座城市的時候忽然覺得，要是他花更大的精力去找的話，他很可能會找到她的，然而現在他卻放棄了尋找，拋下她走了。三等車裏又熱又擠——他現在已是身無分文了。他走到車上敞篷的通廊裏，坐在一張折疊椅上，接著在窗外的車站掠過去了，一幢幢他不熟悉的建築物的背面也移動著過去了。然後春天的田野出現在眼前，一輛黃色電車在旁邊並排飛馳了好一會兒，說不定電車上就有某個人曾無意間在街頭瞥見過她那張令人心旌搖蕩的臉龐，誰說沒有這種可能呢？

鐵軌拐了個彎，車子現在背對著落日開著，落日渾圓，紅得讓人憐惜，彷彿在為這個她曾生活過的、正在慢慢消逝的城市祝福。他絕望地伸出手去，像是要從空氣中拽出一把什麼東西，從那個因她而成為最美的地方打撈出歲月的一個碎片。但是儘管他淚眼模糊、無限留戀，但一切都飛逝而去，他心痛地意識到他已經永遠失去了其中的一部分，那最新鮮最美好的一部分，永遠無可挽回地失去了。

等我們吃完早餐蹓躂到外面陽臺上時已是九點了。才一夜工夫，天氣就變涼了，吸一口空氣就能聞出其中的秋意。園丁是蓋茨比的老傭人中唯一留下來的，他走到臺階前面。

「我想今天就把游泳池裏的水都放掉，蓋茨比先生。馬上就要落葉了，不放掉水的話，它們肯定會把水管堵住。」

「今天就算了吧。」蓋茨比答道。

我低頭看了一下手腕上的表，隨即站了起來。「再過十二分鐘，我那班車就要到了。」

我並不想進城去。我也沒有精力幹一點稍微像樣點的活兒，可是不僅如此，還有更重要的緣由——我不想離開蓋茨比。我誤了那班車，接著又放過了下一班，這樣一誤再誤之後，我才很不情願地離開了。

「我會給你打電話的，」這是我說的最後一句話。「說定了，老兄。」

「我會在中午前後打給你。」

我們慢慢地走下了臺階。

「黛西應該也會打電話過來的。」他滿懷期待地看著我，似乎希望得到我的肯定。「我想她會的。」

「那麼再見吧。」

分別之前，我和他握了握手，然後走開。還沒走到樹籬呢，我忽然想到一件事，於是我停住腳步轉過身來。

「他們那一大幫子放在一堆還遠遠比不上你，他們都是一幫胡作非為的混蛋，」隔著寬闊的草坪我高聲喊道，「他們是一幫混蛋，你知道嗎。」

那是我對他說過的唯一的一句好話，因為我是徹徹底底不喜歡他的所作所為，他所做的事都只會讓我暗暗不以爲然。我後來一直爲這句話而感到滿意。一開始他以他慣有的禮貌態度點點頭，一會兒後，他的臉上出現了得意而會心的微笑，彷彿暗示著我們早已心照不宣。在白色的臺階上，他那華麗的粉紅色衣服成爲一片豔麗的色彩，讓我回想起三個月前我第一次來到他的別墅的那個晚上。當時那些猜測他的罪過的人們把他的草坪和汽車道都擠得滿滿的，而他獨自站在臺階上，懷抱著他那永不消逝褪色的舊夢，向他們揮手告別。我還對他的殷勤招待表示謝意。

「再見，」我又喊道，「多謝你的早飯，蓋茨比。」我們總是爲此而向他道謝——我和其他許多的人。

到了城裏後，我心不在焉地抄了一會兒那些多不勝數的股票指數，後來不知什麼時候，我就在我的轉椅裏睡著了。

快到中午時，我被一陣電話鈴聲吵醒，我驚醒過來，腦門上直冒冷汗。是喬丹•貝克；她通常都是在這個鐘點打電話給我，她老是出入俱樂部、大飯店和私人住宅，行蹤難以捉摸，除了在這個時刻等她的電話，我沒有其他任何辦法能夠找到她。一般說來，她的聲音總是清新悅耳的，就像是一片草根土③，從濕潤的高爾夫球場上飄到了辦公室的窗口，可是今天上午，她的聲音聽起來既生硬又枯澀。

「我從黛西家出來，此刻正在海普斯特德，今天下午我還要上索斯安普敦去。」

她離開黛西家也許是明智的，但是她的具體做法卻使我很不滿，接下來她說了一句話，更讓我生氣，「昨晚你對我可不太好。」

「在那種情況下只能如此。」

兩人都不說話，僵持了一會。然後她說：「無論如何……我想見你。」

「我也想見妳。」

「那麼下午我就進城來找你，索斯安普敦也不去了，你說好不好？」

「不好，反正今天下午不好。」

「隨你的便，我無所謂。」

「今天下午實在不行。許多……」

我們就這樣說著，後來忽然間，我們倆都一聲不吭了。我不知道是誰先把電話啪的一聲掛掉，但我知道我已經一點也不在乎了。哪怕她從此永遠不理我，跟我一刀兩斷，我那天也不可能跟她面對面地談話。

幾分鐘後，我給蓋茨比家打了個電話，但電話占線。我堅持不懈地一連撥了四次，最後一次，一個很不耐煩的接線員告訴我這條線正在專等底特律的長途電話，我於是放棄，不再打了。我拿出火車時刻表，用鉛筆在三點五十分那班車上畫上記號。然後我向後靠在椅子上，想安靜下來，思考一些事情。

這時還是中午。那天早上乘火車行經灰堆時，我料到從早到晚都肯定會有一大群人聚集在那兒圍觀著，於是我從座位上站起來，走到車廂的那邊去瞧一眼。小男孩們在滿地的塵土中徒勞地尋找著黑色的血跡，另外有一個很囉嗦的人反反覆覆地講著出事的前後經過，說到後來，他自己也覺得越來越不像真的了，於是，他住了口，就這樣，茉特爾・威爾遜的悲慘下場就此從人們的記憶裏抹掉。現在我想倒回去一下，補充講講前一晚我們離開車行之後那裏發生的一些事情。

他們費了很大勁才找著她的妹妹凱瑟琳。那天晚上她到達車行的時候，已經喝得醉醺醺的了——她一定是打破了自己不沾酒的規矩——完全不能明白救護車已經開到弗勒興區去了這個消息的真實含義。他們使她明白了這一點，她立刻就暈了過去，似乎這才是整個事件中最淒慘的地方。

有個人不知是出於好心還是出於好奇，讓她上了他的車子，跟隨運載著她姐姐的遺體的救護車向遠處去了。

午夜過去很久以後，仍有人源源不斷地趕來擠在車行門口。起初辦公室的門沒有關，喬治・威爾遜就在裏面的長沙發上無休止地搖晃著，前來看熱鬧的人全都好奇地朝裏面張望，直到有人說這樣做很不妥時，門才被關上。米切里斯和另外幾個人輪流看著他，起先有四五個人，後來走了一兩個。再後來，米切里斯不得不竭力請求最後剩下的那個陌生人再等上一刻鐘，好讓他回自己鋪子裏煮上一壺咖啡帶過來。自那以後，他單獨一個人待在那裏陪著威爾遜，直到天亮才離開。

大約三點鐘的時候，威爾遜逐漸安靜下來了，慢慢地停止了他那哼哼唧唧的囈語，他似乎有點清醒了，一再提到那輛黃色的車子。他說他有法子弄清楚這輛車子的主人究竟是誰，接著，他又脫口說出有一次他老婆從城時回來的時候鼻青臉腫的，那是在兩個月前。

當他意識到自己說出了這事時，他有些膽怯地遲疑了一下，又開始一邊哭鬧一邊喊著「我的上帝呀！」米切里斯無計可施，只得拙嘴笨舌地想盡辦法轉移他的注意力。

「嗨，喬治，你坐著別動，我問你個問題，你結婚有多久了，嗨，聽著，我問你你結婚有多久了？」

「十二年。」

棕色的硬殼甲蟲前仆後繼地往昏黃的電燈泡上不要命地撞。

「有過孩子沒有？嗨，喬治，你老老實實地坐一會兒吧。聽到我的話了吧，我問你有沒有生過孩子？」

現在米切里斯對汽車聲音特別過敏。每次聽見汽車在外面公路上一嘯而過，他總感覺那是幾個鐘頭前肇事後逃之夭夭的那輛車。至今他也不願意回到那個汽車修理車間去，因爲那張工作臺還留有威爾遜太太的斑斑血跡。沒有辦法，他只能在辦公室裏不耐煩地走來走去——天亮前，他已經對屋子裏的每一件東西都爛熟於心——又不時地坐在威爾遜身旁，盡力使他保持安靜。

「嗨，喬治，你平時有沒有一個可以去的教堂，你平時去嗎？也許你已經好久不去了？我給教堂打個電話請一位牧師過來，讓他跟你好好談談，你覺得怎麼樣？」

「我不上任何教堂。」

「你應當有一個可以懺悔、做禮拜的教堂，喬治，尤其是這樣的時候，它很有用。你從前一定上過教堂的，喬治。難道你結婚不是在教堂裏嗎？聽著，喬治，你別動，聽我說。難道你結婚不是在教堂裏嗎？」

「那都是很早以前的事了。」

他在努力回答提問，這使他左右搖晃的節奏暫時被打斷了，有一會他安靜下來了。但一會兒後，他空洞無神的眼睛裏又出現了那種半睡半醒的神情。他指著書桌說：「你看看那個抽屜。」

「哪個？」

「那個——就是那個。」

米切里斯打開了威爾遜指的那個抽屜。裏面空空如也，只有一根小小的用牛皮和銀鞭做成的狗皮帶，看上去很貴重，而且還是新的。

「你是說這個嗎？」他舉起來問。

威爾遜瞪大眼睛看了看，然後點了點頭。

「我昨天下午發現的。我們一般人誰會買這種玩意兒，就問她是怎麼來的，她向我解釋了半天，但我總覺得這其中有問題。」

「你懷疑這是你太太買的嗎？」

「她用薄紙包著放在她的梳粧檯上。」

這有什麼奇怪，米切里斯想。他認爲威爾遜太太至少有十個理由來買下這條名貴的狗皮帶。可他列出的這些理由，威爾遜已在茉特爾那兒聽過不下三遍了。一聽到這些理由，威爾遜就神經質地叫「我的上帝呀！」——這句感歎將安慰者多餘的理由全都堵回去了。

「那麼，一定是他殺了她！」威爾遜的嘴巴忽然張得大大的。

「誰？你認爲是誰？」

「我會知道的，我一定能想到辦法。」

「我看你是受了太大的刺激，喬治，」米切里斯說，「你沈浸在自己巨大的悲痛裏，老是胡思亂想，都不知道自己在說什麼了。你別多想了，什麼事情都等到天亮再說吧。」

「一定是他。」

「那是一次意外，純粹是意外，喬治，你明白嗎？」

威爾遜不以爲然地搖搖頭，又輕輕「哼」了一聲。他的眼睛瞇成了一條細縫，嘴巴不再張得剛才那麼大了。

「我明白。我從來不會疑心別人有鬼，但是只要我弄清楚了一件事，真相就可以確定無疑了。我敢說就是那個車子裏的男人殺害了她。她跑過去想跟他說什麼，但他不願意停下來。」米切里斯當時也目睹了這一幕，但他以爲威爾遜太太只是跑出去，而並非想攔住某一輛汽車，他並沒有想到其中會有什麼不同尋常的意義。

「她怎麼會做這樣的事呢？」

「她這人深藏不露，我從來都猜不透她的心思。」威爾遜說，彷彿這就是問題的答案。

「啊——喲——呀——」他又搖來晃去起來，米切里斯則不停地搓著手裏的狗皮帶。

「你有什麼朋友嗎，喬治？或許我可以打電話叫過來幫幫忙？」這是一個注定破產的希望，連老婆他都照顧不了，更談不上有什麼朋友了，米切里斯知道這個問題明顯問得多餘。又過一會兒，外面的天已快亮了。五點鐘的時候，可以關掉屋裏的燈了。

威爾遜呆滯無神的眼睛轉向外面的死灰堆，在那上面小朵的奇形怪狀的灰雲在黎明的微風中飛來飛去，自在而輕盈。

「我曾告訴她，」他發了半天呆才喃喃開口說，「我對她說，她可以欺騙我，但她是沒有能力欺騙上帝的。然後我把她領到窗口，」他艱難地站了起來，走到後窗戶跟前，把臉緊貼在玻璃窗上。「我對她說：『妳大可以騙我，但妳絕對騙不了上帝！上帝對妳所做的一切事都知道得清清楚楚！』」

站在他身後，米切里斯看到他正在專心致志地盯著埃克爾堡大夫的眼睛，那雙巨大無比的眼睛正從褪掉顏色的夜裏顯現出來。

這使他吃驚不已。

「上帝知道一切。」威爾遜重複著。

「別看了，那只是一幅廣告。」米切里斯說。不知因爲什麼，他突然從窗口掉過頭來看著屋子裏。但是威爾遜仍在那裏站著，站了許久，不斷地向著曙光點頭，他的臉一直緊緊地貼在玻璃窗上。

好不容易熬到六點鐘，米切里斯全身都快要散架了，當他聽到一輛車子在外面停下來時，他不禁感謝了一遍上帝。來的是昨天和他一起陪威爾遜守夜的人，他答應還要回來看看的，以防萬一發生什麼不測。米切里斯做了三個人的早飯，但是威爾遜不想吃，於是他就和那個人一同吃了。不過，米切里斯覺得威爾遜已經比剛才安靜多了，就稍稍放了心，回家去睡覺了。四個鐘頭之後他不安地跑回來時，威爾遜已經不見了蹤影。

事後查明威爾遜一直是步行的，他先到了羅斯神福港，從那裏又到蓋德山，中午時分他才走到那兒，他走得很慢，一定是筋疲力盡了。在蓋德山，他買了一塊三明治和一杯咖啡，可是三明治沒有動。在這一段路上，有幾個男孩子說他們見到過一個人「瘋瘋癲癲」的樣子，還有幾個汽車司機證明說他站在路邊，神情古怪。所以到此時爲止還不難爲他的行蹤作出交代。但是在這之後的三個小時裏，他的下落就不明了。警察根據米切里斯提供的線索——他曾一再說他「有法子查出車子是誰的」——猜想他大概會四處打聽那輛黃色汽車的下落。

然而所有車行裏的人沒有一個說曾經見過他。不過，他也許有更簡易更可靠的辦法去打聽他想要打聽的事情。下午兩點半，他到了西卵，在那裏，他逢人就問去蓋茨比家怎麼走。這樣說來，在此之前他已經知道蓋茨比的名字了。

下午兩點鐘，蓋茨比穿上游泳衣，他先到汽車房取來一個供客人娛樂用的橡皮墊子，司機幫他把墊子打足了氣。然後他告訴司機，不論在什麼情況下也不得把那輛敞篷車開出來——司機感到很奇怪，因爲前面右邊的擋泥板壞了，急需修理。他還囑咐管家，說要是有人打電話來，就到游泳池通知他一聲。

蓋茨比扛著墊子起身向游泳池走去。在途中他曾停下來換過一次姿勢，並搖頭拒絕了司機主動要向他提供的幫助。片刻之後，那叢葉子正在轉黃的樹木就隱去了他的身影。

電話機一直靜悄悄的，男管家也沒睡午覺，一直等到了四點——那時即使有電話來也只能是空響了。我腦子裏忽然閃過一個想法：蓋茨比本人也許並不相信黛西會打電話來，也許那時他也已經毫不在乎了。如果事實果真如此，他一定會意識到他已經徹底失去了舊日那個溫馨的世界，意識到他爲了一個長久的夢而付出的慘痛代價。那時，他一定發覺玫瑰是多麼地醜陋，而透過令人恐怖的樹葉仰視一方陌生的天空是多麼可怕；那時，他一定發現，陽光是多麼刺眼，而它照著疏疏落落的小草的場景是多麼殘酷。

這是一個他所不熟悉的世界，在這個世界裏，物質歷歷在目然而並不真實，無家可歸的幽靈，乘著空氣一樣輕的夢幻，四處飄蕩，就像那個穿過雜亂的樹木悄悄地向他走來的灰濛濛的、古怪的人形。沃爾山姆手下的汽車司機當時聽到了一聲槍響，但他並沒有怎麼放在心上，這時候他才意識到那時發生了大事。

當我從火車站直接開車到蓋茨比家裏，慌不擇路般地衝上前門的臺階時，屋子裏的人才第一次感到是出事了——但是我覺得他們當時肯定已經有所察覺。我們四人——園丁、男管家、汽車司機和我——見面後不約而同地向游泳池奔去。

清水從池子的一頭放進來又從另一頭的排水管流出來，裏面的水泛著微微的、幾乎看不見的漣漪。隨著這隱隱的流動，唯有負重的橡皮墊子在池子裏漫無目的地漂著，一絲吹波不驚的微風就可以使它沈重的軀體開始無意義的航行。一堆落葉使它像地球儀一樣慢慢旋轉，轉出一道細細的紅圈，留在如鏡的水面。

我們抬起蓋茨比一聲不吭地朝著屋子走去，不久後，園丁就在不遠的草叢裏發現了威爾遜的屍體，於是這場大殺戮宣告就此結束。

①大西洋城（Atlantic City）：南部喬治亞州的首府。
②蒙特婁（Montreal）：加拿大的首都。
③草根土：打高爾夫球時，球棒從場地上刨起的一小塊土。

第九章　迴光

現在我回想起兩年前的那個白天、晚上還有那之後的第二天，只記得一浪又一浪的警察、攝影師和新聞記者像潮水一樣不斷地湧進蓋茨比家的門口，又不斷地湧出。警察用一根拇指一樣粗的繩子攔在大門口，阻擋那些看熱鬧的孩子，但是這幫狡猾的孩子很快就從我家院子裏溜了進來，一個個擠在游泳池旁邊，張口結舌地看著。

那天下午，有一個偵探模樣的人，他的神氣表明他頗爲自信，低頭查看威爾遜的屍體時，他用了「瘋子」兩個字，他說這兩個字時偶然的不容置疑的語氣，就成了第二天早上所有報紙報導這事時統一採用的關鍵字。那些報導大多是捕風捉影，添油加醋，裝腔作勢，而且極爲失真，就像一場荒唐的夢。

驗屍時，米切里斯作的證詞透露了威爾遜對他妻子的猜疑，我以爲不久後，街頭的那些黃色小報就會把整個故事大肆渲染一通——凱瑟琳本來完全可以信口開河的，沒想到她以驚人的魄力保持著沈默，什麼都不說。相反，她對關於姐姐的謠言進行了堅決的抵抗，她用她那雙經過精心修飾的眼睫下面的堅定的眼睛直直地看著驗屍官，發誓說她姐姐和她丈夫生活得很幸福，說她姐姐從沒做過什麼出軌的事情，說她姐姐從來沒有見過蓋茨比，更別說和他有什麼不軌行爲了。她說這些話時堅定不移的語氣最終使她自己都深信不疑了，她用手帕捂著臉嚎啕大哭，彷彿連提出這樣的疑問都是對死者的不可饒恕的侮辱。最後，威爾遜就被定義爲一個因傷心過度而神經失常的人，這樣這個案子就了結了，再也無人過問了。

然而從這個方面來看，似乎整個事情都是無足輕重、無關痛癢的。我不無驚奇地發現自己是站在蓋茨比一邊的，而且站在他那邊的只有我一個人。從我打電話到西卵鎭報案算起，所有對他的猜疑和不滿，都堆到了我面前來。起初我對此既驚訝又困惑不解，後來一個鐘頭又一個鐘頭過去了，他還是躺在他的屋子裏，不呼吸，也不說話，一動也不動，我才漸漸明白我是在挑起一副任何人也不願意挑的擔子，因爲除我以外，再也沒有人對此表現出絲毫的興趣。

在我們發現他的屍體半個小時後，我本能地、毫不遲疑地撥通了黛西家的電話。但是僕人說她和湯姆那天下午很早就出門了，還帶上了行李。

「沒留下任何聯繫方式嗎？」

「沒有。」

「他們說過什麼時候回來嗎？」

「沒有。」

「知道他們上哪兒去了嗎？怎樣才能找到他們，你能告訴我嗎？」

「我說不上來，先生，我也說不清楚。」

我滿屋子團團轉，我真想給他找一個人來，真想走到他躺著的那間屋子裏去拍拍他的肩膀說：「我一定給你找個人來，不會讓你孤孤單單的，蓋茨比。別擔心，老兄。你相信我好了，我一定會給你找個人來……」

他從來沒有明確地告訴過我他的父母是否已經過世。電話簿裏找不著邁耶•沃爾山姆的名字。男管家給了我他百老匯辦公室的地址，我於是打電話到電話局問訊處，我得到了他的號碼，但五點早就過了，電話嘀鈴鈴地響著，始終沒有人接。

「麻煩你再接一下好嗎？」

「我都接過三次了。」

「對不起，事情很重要。」

「那兒恐怕沒有人，現在大概已經下班了。」

我只好回到客廳裏，發現屋子裏擠滿了一些不明來歷的陌生人，後來我才知道那些人都是地方上的官員。當他們掀開蓋在蓋茨比身上的被單，臉上露出驚恐的神色時，我開始想起他的抱怨和他的抗議：

「瞧，老兄，你一定得想想辦法，一定得替我找個人來。替我找個人來，老兄，我一個人可受不了了呀。」

這時有人想借機問我一些問題，被我拒絕了。我急匆匆地跑到樓上，四處搜尋他那些沒有上鎖的抽屜，但是除了丹·科迪的那張相片，我一無所獲。那張照片掛在牆上，面無表情地打量著眼前的一切，似乎是一種已經被人徹底遺忘的狂亂生活的象徵。

第二天早晨，我給沃爾山姆寫了一封信，打發男管家親自上紐約給他送去。我想請他儘快來一趟，因爲我有問題要問他。後來我覺得我這樣做似乎沒有太大必要，因爲我相信他看到報紙肯定立刻就會來的，正如我相信中午以前黛西肯定會發來電報——可是我的預料一個也沒有實現。除了人數更龐大的警察、攝影師和新聞記者，沒有任何人來看一眼屍體橫陳的可憐的蓋茨比。

男管家帶回了沃爾山姆的回信，信的內容如下：

親愛的卡羅威先生：

這個消息是我一生中最悲慘的消息之一，我到現在幾乎也無法相信這竟是真的。我們大家都應當好好想想那個人幹的這種瘋狂行為，這是值得深思的一件事情。我本應該立刻前去最後看看他，但現在我正在辦理一項非常重要的業務，很抱歉不能前來。過些時候如果有事情需要我出力，請派埃德加送封信告訴我一聲。我聽到這件事後感到眼前一片昏暗，簡直不知置身何處了。

您的忠實的，

下面寫道：

請告知喪禮安排的有關事宜。另：我一點也不知道他家裏人的情況。

看完信後，我感到我開始目空一切、傲視眾生，感到蓋茨比和我可以彼此聯手橫眉冷對他們所有的人。

那天下午的時候，電話鈴終於響了，我趕緊去接，接線員說芝加哥有電話來，我想這回總該是黛西了吧。但一聽卻是一個男人，聲音顯得虛弱而縹緲。

「我是斯萊格……」

「誰？」我沒聽說過這名字。

「那封信簡直不像話，你說對嗎？我的電報你收到了嗎？」

「根本沒有什麼電報。」

「你知道嗎，小派克這小子倒運了，」他急急地說，「就在五分鐘之前紐約來消息說，他給逮住了，就在櫃檯上遞證券的時候。居然有這事，你想得到嗎？在這種鬼地方你怎麼能料到……」

「喂！喂！聽我說！」我急忙打斷了他。「聽著——我不是蓋茨比先生，蓋茨比先生已經死了。」

電話線那頭好久沒有一點動靜，然後是一聲驚心動魄的叫聲……最後只聽得啪地一聲，電話掛斷了。

大概是第三天，一封來自明尼蘇達州的一個小鎮、署名亨利·C·蓋茲的電報到達了。電報的內容僅有兩句，只說發電人正火速趕來，要求葬禮一定要等到他到達後再舉行。

來人是蓋茨比的父親，老頭兒神情莊重，但看上去一副潦倒的樣子，在這暖和的九月天裏，身上卻套上了一件寒酸蹩腳的舊外套。我從他手裏接過旅行包和雨傘時，他老是伸手去拉他下巴上那撮稀疏的花白鬍鬚，我費了好大勁才幫他脫下了大衣。

他看起來異常沮喪，快要支撐不住了，混濁的眼淚順著滿是皺紋的老臉不停地往下淌。於是我一面把他帶到音樂廳裏，讓他在一把椅子上坐下，同時叫人去弄點吃的來。吃的東西送來後，他卻怎麼也不肯吃，他端著牛奶的手哆嗦個不停，結果牛奶從杯子裏潑了出來，撒了他一身。

「芝加哥報紙上全都登了出來，」他說，「我從芝加哥報紙上看到的，看到後我立刻就趕來了。」

「我沒有您的地址，所以沒法通知您。」

他的眼睛像兩個空空的洞，可還是不停地朝屋子裏四下張望。「是一個瘋子幹的，只有瘋子才會這麼幹。」他用報紙上的語氣說。

「您先喝杯咖啡好嗎？」

「我什麼都吃不下。我現在沒事了，好了，您是……」

「卡羅威。」

「呃，我現在沒事了。對了，傑米在哪兒，我要去看看他。」

我把他領進客廳裏蓋茨比躺著的地方，然後就出來了，把他一個人留在那兒。有幾個小男孩溜上了臺階，正鬼頭鬼腦地往客廳裏窺視。我趕他們走，他們不肯，我說了來的是誰後，他們才不太情願地走開了。

一會兒以後門打開了，蓋茲先生從裏面走了出來，臉微紅，嘴半張著，眼裏斷斷續續地落下幾滴眼淚——他這把年紀的人已不再把死亡視爲一件難以忍受的恐怖事件。這時他第一次有意識地向四周望了一下，看到了美不勝收的門廳，許多間大屋子在這裏會合，然後又通向許多別的屋子，於是他的悲痛裏就油然而生出一股既驚訝又自豪的感情了。我把他在臥室裏安置下來後，他脫衣準備休息的時候，我告訴他所有安排都已暫且推遲，只等他作出決定。

「我當時根本不知道您有什麼打算，蓋茨比先生……」

「我的姓是蓋茲。」

「蓋茲先生，我想您可能要把遺體運回蓋茨比先生的家鄉。」

他搖搖頭說，「傑米喜歡東部，倒不太喜歡西部。他就是在東部取得現在的成就的。你是我孩子的朋友嗎，先生？」

「是的，我們是非常好的朋友，無話不談。」

「你知道，他本來是前途無量的。他還很年輕，在這兒他很有兩下子。」他鄭重其事地用手碰了碰他的微禿的腦袋，「要是他沒死的話，他會成爲國家的棟樑，而且遲早會出人頭地，會成爲像詹姆斯・J・希爾①那樣的大人物。」

「確實如此，」我點點頭，但感到有些不安。

他笨手笨腳地把繡花被單扯了一通，想把它拉下來，但沒有成功，於是他就直直地躺下去，不一會兒工夫，他就打著呼嚕睡得死死的了。

那天晚上一個人打電話過來，非要我先告訴他我是誰，他才肯報他自己的名字，很顯然他在害怕什麼。

「我是卡羅威先生。」我說。

「哦——」他似乎長長地舒了一口氣。

「我是克利普斯普林格。」

我也深感寬慰，因爲如此一來，蓋茨比的墓前說不定能多上一個朋友。我不願意招來一大堆看熱鬧的人，所以我也沒登報，就自己打電話通知了幾個人，他們可真不好找。

「明天出殯，下午三點，」我說得很快，「就在家裏。我希望你轉告凡是想參加的人，越多越好。」

「哦，一定一定，」他連忙說，「不過，我不大可能碰到什麼人，但是如果我碰到的話，我一定照您的話辦。」

說到這裏，我不覺起了疑心。

「你自己肯定是要來的吧。」

「嗯，我一定想辦法來參加葬禮。我打電話過來是想問問……」

「等等，」我打斷了他的話。「先說你能不能一定來？」

「呃，實際上……事實是，我現在還在格林威治，待在一個朋友家裏，人家還指望我明天和他們一起去郊外野營。這是早就說好了的，不過我會儘量想辦法。」

我再也忍無可忍了，氣憤地「哼」了一聲，他一定是聽到了，因爲他往下說的時候聲音又惶恐起來：

「我有一雙鞋留在那裏，所以我不得不打電話過來。你知道，那是雙網球鞋，我簡直離不了它，不知道能不能麻煩你讓男管家給我寄過來，我將感激不盡。我的地址是B．F．……」

沒等他說完，我就把聽筒啪嗒一聲扣上了。

還有一個人，我打電話過去，那人竟然說他死不足惜。不過，這是我的不對，我本來就不應當打電話給他的，因爲他就是當初一邊喝著蓋茨比的酒，一邊輕蔑地背後說他壞話的那群人中的一員。從那以後，我不禁爲蓋茨比羞愧得無地自容。出殯那天一大早，我自己跑到紐約去找邁耶．沃爾山姆，要找到他似乎除此之外別無他法。

在開電梯的工人的指點下，我推開了一扇上面寫著「XX控股公司」的門，起先裏面好像空無一人，我高聲連喊了幾聲「喂」也沒人答應，接著一陣爭吵聲突然從一扇隔板後傳出來，隨即一個漂亮的猶太女人出現在裏面的一個門口，她斜靠在門上，用不太友好的眼光看著我。

「沃爾山姆先生到芝加哥去了，」她說，「沒有人在家。」

後面那句話明擺著是撒謊，因爲我聽到裏面有人開始用口哨吹著不成調的《玫瑰頌》。

「請轉告一聲，說卡羅威先生一定要見他。」

「我可沒法子把他從芝加哥叫回來，你說呢？」

就在這時，門那邊有人喊了一聲「斯特拉」，我可以確定那就是沃爾山姆的聲音。

「你留個名字，或者留個便條也行，」她很快地說，「他回來後我一定告訴他。」

「別騙我了，我知道他就在裏面。」

她怒氣沖沖地朝我逼近一步，兩隻手沿著臀部上下來回摸索著。

「你們這些年輕人以爲自己是誰，這裏是你們隨時都可以瞎闖進來的嗎，」她氣呼呼地罵道，「都把我們煩死了。我說他在芝加哥，他就是在芝加哥，你不信就拉倒。」

我這時提了一下蓋茨比的名字。

「哦——啊！」她又打量了我一會，有些遲疑地說，「請您稍等……您姓什麼來著？」

她走到裏面去了。過了片刻，邁耶•沃爾山姆就站在門口，神情莊重，兩隻手都向我伸了過來。他把我拉進他的辦公室坐下，敬給我一支雪茄煙，然後用沈痛的口吻說，這種時候我們大家都很不好受。

「你想知道我第一次見到他是什麼樣的情景嗎？」他回憶說，「他那時是一名年輕的少校，剛剛從軍隊裏出來，胸前掛滿了在戰場上靠出生入死贏來的勳章。他窮得叮噹響，買不起便服，只好繼續穿著一身軍服。我第一次見到他的那天，他已經有兩天沒吃飯了，走進四十三號街懷恩勃蘭納開的一間彈子房找工作。『一塊兒吃午飯去吧，』我對他說。他完全是狼吞虎咽，半個鐘頭不到，他就把四塊多美元的飯菜吃個一點不剩。」

「你帶他介入你的生意嗎？」我問。

「當然是我！他是我一手培養出來的。」

「哦。」

「我把他從陰溝裏撿起來，又從零開始培養他。他儀表不凡、文質彬彬，我一眼就看出他是個可造之材，以後會大有作為的。等他告訴我他上過牛津，我就進一步確信了我先前對他的看法。在我的一手安排下，他加入了美國退役軍人協會，後來他在裏面的地位挺高的。他一出馬就跑到奧爾巴尼②去給我的一個主顧辦了一件了不起的大事。我們倆在一切方面都是這樣親密無間，配合相當默契，」他舉起兩個肥胖的指頭，「最好的搭檔。」

我心裏暗暗稱奇，同時想一九一九年世界棒球聯賽那筆交易是否也包括在內。

「如今他死了，」我停了一會兒說，「既然你是他最親密無間的朋友，那麼，今天下午你一定要參加他的葬禮的，是不是？」

「沒人比我更想參加。」

「那就來嘛。」

他搖了搖頭，突然淚水湧上他的眼眶裏，鼻孔裏的毛顫動著。「我不能來……我不能牽扯進去，我去不了。」

「事情都過去了。沒有什麼事能把你牽扯進去的。」

「年輕的時候只要是一個朋友死了，不管是怎麼死的，我都是管到底的。別人也許會認為那樣太輕率，可是我是說到做到的——出力出到底。現在我跟年輕時完全不一樣了，只要有人被殺害，我總是能躲開就躲開，盡力不摻和進去。」

我已經清楚他之所以不參加葬禮，自有他的苦衷與難處。都說到這個地步上了，我也不能再多說什麼，就站了起來。

「你是不是大學畢業生？」他猛地問我。

一開始我還以爲他想要拉上點什麼「關係」呢，可是他只點了點頭，又握了握我的手。

「咱們大家都應當學會在朋友活著的時候講義氣，而不是等到人死之後，」他表明態度說。「在人死之後，我個人的做法是避免任何牽連。」

從他的辦公室裏出來以後，天色已經暗淡下來，在細雨中我回到了西卵。我換上一件新洗的衣服，走到隔壁時，看見蓋茲先生正興奮地在門廳裏來回踱步，他一看到我，就說非要給我看一件東西不可，這兩天來，他對他兒子和他兒子的財物所產生的驕傲感在不斷增長。

「傑米給我寄過一張照片，」他哆哆嗦嗦地掏出了他的錢包，「你瞧吧，怎麼樣？」

是這座房子的一張照片，四個角都已經破損，因爲給許多手摸過而骯髒無比。他拿這張照片給人家看了無數次，我相信在他看來，這張照片比他現在住的這所房子還要真實得多。他熱切地指給我看每一個細節。

「你瞧！」馬上又注意看我眼中有沒有讚賞的神情。「傑米寄給我的。一張美麗的照片，非常清晰。」

「確實很好。您最近一次見他是什麼時候？」

「是兩年前，他回了一趟家來看我，並且給我買了一間房子。他從家裏跑出來的時候，我們當然很傷心，但是我現在明白了，他那樣做是對的，他清楚地知道自己遲早會出人頭地，他要通過自己的奮鬥去爭取。成功之後他對我一直很慷慨。」

他似乎十分不情願把那張照片收起來，相當不捨地又在我面前指點了好一陣子。然後他把錢包放回去了，卻又從口袋裏掏出一本破舊不堪的舊書，書名看不大清楚，我勉強辨認出那是《牛仔卡西迪》。

「你瞧瞧這個，這本書是他小時候最喜歡的，真是小時候就不簡單。」

我們在那本書的封底處，看到了他於一九〇六年九月十二日爲自己制定的「作息時間表」，他的字像印刷體一樣工整。具體內容如下：

起床　六點

啞鈴體操及翻牆訓練　六點十五至六點半

學習電學等　七點十五至八點十五

工作　八點五十至下午四點半

棒球及其他運動　四點半至五點

演說練習及儀態訓練　五點至六點

學習新發明　　　七點至九點

個人規定：
堅決不去沙夫特家或（另一姓名，字跡模糊）浪費時間
再也不吸煙或嚼煙隔天洗澡
每周讀一本有幫助的書或雜誌
每周存儲五元（塗掉了）三元
尊敬父母

「這是我偶然發現的，」老頭指著這本書說，「它預示了他將要成爲一個大人物，你說對嗎？」

「的確如此。」

「傑米是注定要成爲大人物的，他自己很小就知道了這一點，所以他總是訂出上面這一類的規定與計劃。他在這方面從來都是了不起的。你看到沒有，他就是用這種辦法來加強修養！有一次他說我吃飯的樣子像頭豬，我狠狠地把他揍了一頓，那小子！」

他把這些規定和計劃看作蓋茨比出人頭地的證據，把每一條都對著我大聲朗讀了一遍，然

後小心地把書合上。他滿以爲我會把那張表抄下來勉勵自己。

蓋茨比的父親和我一樣心神不定。將近三點的時候，我們終於聽見汽車的聲音，原來是那個路德教會的牧師從弗勒興趕來了，這給了我們一些希望，於是我們開始情不自禁地朝窗外張望，看看是否有別的車子來。但是隨著時間一分鐘一分鐘過去，還是沒有一個人來。

外面雨下個不停，傭人們都走進來站在門廳裏等候。我注意到老人的眼睛焦急地眨巴著，坐立不安地走來走去，嘴裏不住地抱怨倒楣的雨。牧師看起來也有些著急，不時地看表，我只好把他拉到一旁，讓他再等上一會兒。但是最後依然沒有人來。

等到五點鐘左右，看見再不會有人來了，我們才向墓地出發。我們一行三輛車子在綿綿的細雨中行進，最前面是蓋茨比先生濕漉漉的靈車，模樣醜陋，後面是蓋茨比的大型轎車，蓋茲先生、牧師和我坐在裏面，最後面是蓋茨比的那輛接送客人的旅行車，四五個傭人和西卵鎮的郵差坐在裏面。

等我們大家到達目的地，在墓地大門旁邊停下來時，一個個都淋成了落湯雞。正當我們準備穿過大門走進墓地時，我聽見一輛車停下來，接著聽到一個人在泥濘中追趕我們噗哧噗哧的腳步聲。我回過頭一看，竟是那個戴貓頭鷹眼鏡的人，三個月前的一個晚上，我發現他帶著驚訝的神情盯著蓋茨比圖書室裏的書。

我至今不知道他的姓名，至於他怎麼會知道那天是安葬的日子我不得而知。當時雨水順著他的厚眼鏡流下來，他只得把眼鏡摘下來擦一擦，再定定地看著那塊擋雨的帆布從蓋茨比的墳上捲上來，又伏下來。從那以後，我就再也沒有見過他了。

這時，我一直在盡力想像蓋茨比先生的面容，但是他離我那麼遙遠，我根本力不從心。是不是他已被所有人忘記？

黛西一直沒發來電報，也沒送花，然而，我並不為此難過或氣憤。

隱約中我聽到有人低低地說：「願上帝保佑雨中的靈魂，」那個貓頭鷹眼睛的人用洪亮的聲音接著說了句「阿門！」後來我們走了。

我們從雨中奔回車子裏。把裝載蓋茨比的靈車獨自孤零零地留在淒厲的雨裏。在大門口貓頭鷹眼睛跟我說了一會話。

「我沒能趕到別墅來，真遺憾！」他說。

「沒來任何人。」

「真的！」他大吃了一驚，嘴張得老大。「啊，我的上帝！以前他們每次來可都是拉幫結夥的呀。」

他看上去有些激動，他又把眼鏡摘下來，裏裏外外都仔仔細細地擦了一遍。

「這幫沒良心的傢伙！」這是他說的最後一句話。

每年耶誕節從預備學校以及後來從大學回到西部的情景，都給我留下了最生動和美好的回憶。我記得要到比芝加哥更遠的地方去的同學聚集的車站，那是一座古香古色、光線朦朧的車站，在那裏，在十二月的黃昏六點鐘，他們和幾個家在芝加哥的朋友默默地告別，要走的人和來送的人全都沈浸在節日的歡樂氣氛中；我記得那些從東部某某私立女校回來的女學生，她們穿著暖和的皮衣，在寒冷的空氣中大聲地說笑；我記得我們邂逅熟人時的驚喜和興奮，我們相互擁抱，相互打探對方收到的邀請：「你到奧德威家去嗎？赫西家呢？那麼舒爾茨家呢？」除了這些之外，我還記得被我們緊緊捏在手中的綠色的車票、停在月臺門口軌道上的芝加哥—密爾沃基—聖保羅鐵路的隱約的黃色客車。這一切看上去就像耶誕節一樣令人身心愉悅。

當我們乘坐的火車在這寒冷的冬夜裏向前飛馳，我們的雪、我們西部真正的白雪，開始在車的兩側向遠方伸展，對著車窗閃耀著瑩白的光輝，像兩條美人的手臂。窗外許多燈火昏暗的小車站在我們眼前一閃而過。忽然一陣突如其來的寒氣使我們疲憊的神經爲之一震。我們盡情地呼吸著這沁人心脾的氣息，從飯廳穿過寒冷的回廊往回走，這時我深深意識到，在這一小時裏，我與自己這片美麗的鄉土結下了一種無以言喻的親密關係。以後我們就要融入其中，不留下一點痕跡。

這就是我的故鄉，我的中西部，我的一切屬於它，我是它不可分割的一部分。一望無際的草原和麥田不能代表我們中西部，瑞典移民昔日居住的荒涼村鎮也不能代表我的中西部，只有那青年時代飛向故鄉的火車，只有那寒夜裏的街燈和雪車搖晃發出的鈴聲，只有窗內的燈火映在雪地上的聖誕冬青花環的影子才能代表我的中西部。

我生於斯，長於斯（我曾在一個小鎮住過一個叫做卡羅威的公館），我的冷漠和矜持屬於這裏，屬於這片豐富的土地。直到現在我才明白我所講的這個故事，是一個徹頭徹尾的西部故事，我們四人——湯姆、蓋茨比、喬丹和我——都是西部人，可能正因爲此，我們天生過不慣東部的生活，我們永遠無法真正融入其中。哪怕在東部令我想入非非，興奮無比時，哪怕在它向我顯示了它無與倫比的優越性時，我依然感覺到與它的隔膜。

在我的眼裏，它總是有某種不可言傳的畸形，即使與俄亥俄河邊的那些枯燥無味、亂七八糟的城鎮相比——在那兒的城鎮裏只有兒童和老人才可倖免於無止無休的閒言閒語——我也常常有這樣的感覺。至今爲止，西卵仍然出現在我荒唐的夢裏，在夢中，這個小鎮就像艾爾・格列科③畫筆下的夜空和城市：上百所房屋，鋪天蓋地的陰鬱的夜空，昏黃的月色，明明是最平常不過，卻又顯得異常怪誕。

在這夜景裏走著四個神情嚴肅、身穿大禮服的男人，他們抬著一副擔架，上面躺著一個醉醺醺的女人，她穿著一件白色的晚禮服，一隻無力耷拉的手閃耀著珠寶的冷光。那幾個人神情莊重地走進一所房子，只是走錯了地方。但是根本沒有人知道這個女人是誰，也沒有人感興趣。

蓋茨比一死，在我心目中，東部就是這樣鬼氣森森，面目猙獰。因此，當空氣中飄滿燃燒枯葉的藍色火焰，而寒風將晾在繩子上的衣服吹得越來越硬時，我就下定決心回家了。但是還有一件棘手的事情需要處理，這本是一件可以不了了之的事情，但我想在走之前，把這一切都安排妥當，我可不想讓無情而又多事的大海將我留下的痕跡全都帶走，我希望自己能把事情了結乾淨。於是我去見了喬丹‧貝克，說起我們在一起的美好時光，說起我們之間發生的許多無聊而有趣的小事，又將我後來的經歷說了說，而她躺在一張大椅子裏一動也不動地聽著，沒有作任何表示。

等我說完之後，她只簡單地告訴我她已經和另一個人訂了婚，也沒有多做解釋。她那天穿一身打高爾夫球的衣服，我還記得我當時有過一個念頭，覺得坐在面前的她絕似一幅很不錯的插圖：她的下巴一如既往地很神氣地微微翹起，頭髮是秋葉般的顏色，臉和放在膝蓋上的淺棕色無指手套是同一個顏色。我對她將結婚的消息有些懷疑，雖然我知道有很多人在狂熱追求她，但我還是不相信她的話，於是我故作驚訝地問一聲「真的嗎」。一剎那間，我忖度自己是否正在犯下日後會後悔莫及的錯誤，我很快地考慮了一番，接著我就站起來告辭了。

「無論如何，是你先拋棄了我，」喬丹忽然開口說，「那天你給我打電話，我聽出了你的意思，你把我甩了。我從未遇到過這樣的打擊，當時我萬念俱灰、傷心欲絕。不過時間改變了一切，現在我不在乎你了，一點也不。」

我們倆客氣地握了握手。

「哦，那次我們關於開車的談話，」她加上一句，「你還記不記得？」

「呃……記不大清楚了。」

「你說過，一個拙劣的司機只有在遇上跟他同樣拙劣的另一個人之前才是安全的，是你說的吧？你瞧，你就是這樣一個拙劣的司機，而我卻偏偏遇上了你，我本以為你是一個老實本分的好人，沒想到卻看走了眼，我可真是糊塗，而現在你是不是正在心裏偷樂著？」

「我都三十歲了，要是我再年輕五歲，」我說，「也許我還可以恬不知恥地說，這樣做並沒什麼不對，甚至可以稱之爲男人的美德。」

她一言不發。我很是氣惱，對她有幾分不捨，同時心裏非常難受，最後狠狠心掉頭走開了。

十月底的一個倒楣的下午，我在五號路上遇見了湯姆•布坎農。他走路的樣子還是那樣與眾不同，不可一世，兩隻胳膊微微張著，似乎在防備別人隨時的進攻，腦袋同時忽左忽右地轉動，和他那雙溜溜轉的眼睛彼此呼應。我看見他走在前面，不想和他搭訕，於是放慢腳步，離他遠遠的，可這時他忽然停了下來，蹙著眉頭向一家珠寶店的櫥窗裏看。在轉頭的一瞬間他發現了我，於是就向我走來，同時向我伸出他的手。

「怎麼啦，尼克？難道你都不願跟我握握手嗎？」

「沒錯。經過那件事後，你知道我是怎麼看你的。」

「你到底怎麼了，尼克。你簡直瘋了。我真弄不懂你是怎麼搞的？」

「湯姆，我問你，」我盯著，「你對威爾遜說了什麼？」

他沒有說話，他的表情向我證實了我對威爾遜那不知去向的幾個小時的猜測是正確的。想到這裏，我掉頭就走，可是他朝前大跨了一步，用勁抓住我的胳膊。

「我對他說的不過是一些實話而已，他來到我家門口時，我正要出去，於是我就叫人告訴他說我們不在家，但他就要衝上樓來。要是我不告訴他那輛車子是誰的，他準把我幹掉了，他瘋得夠嗆。還有，在我家裏自打進門起，他的手就一直放在他口袋裏的一把手槍上……」他突然停下來，口氣強硬起來。「就算是我告訴他的，那又怎麼樣？是那傢伙自尋死路。你被他迷惑住了，黛西也是一樣，實際上，他是個心狠手辣的傢伙。他撞死了茉特爾就像撞死了條狗一樣，居然連車子都不停一下，心腸也太狠了。」

事情並非如此，但我不能說出來，因此我緊咬著下唇，一言不發。

「你對我有偏見。你以爲我對那件事持一種幸災樂禍的態度，你錯了。事後我準備去退掉那套公寓，你不知道當我看見那盒發黴的餵狗的餅乾還擱在食具櫃上時，我哭得多麼傷心，我像個小孩子一樣放聲大哭，我覺得我都快要垮了。我的天，怎麼會這樣……」

聽著這些話，我還是無法原諒他，更不能喜歡他，但我知道他似乎也有自己的道理，在他那裏，一切都是亂七八糟的。他和黛西一樣都是沒心沒肺的傢伙——他們摧毀有價值的東西了，摧毀了人，釀成了悲劇，卻把爛攤子丟給別人，然後自己躲了起來，沈浸在金錢中過起了無憂無慮的生活，讓別人替他們收拾殘局……

最後我跟他握了手——不肯握手也未免太把他當回事了，他就像個孩子，我可不能跟他一般見識。我決定放他一馬，讓他走進了那個珠寶店。他會在那裏買上一串珍珠項鍊，或許只是一副袖釦，這些都跟我無關了。

在我出發回西部之前，蓋茨比的大房子仍然空空落落，沒人修建的草坪的草長勢很好，足有一人多高了。在這個鎮上，有一個自以爲對此事擁有發言權的出租汽車司機，每次載了客人經過這個大房子口時，總不忘記停一下，向客人們介紹一番那裏曾發生的事情，他似乎對此事保持了永恆的興趣，說不定他已經用自己的方式構思了一個情節曲折、引人入勝的故事，可我不想聽他說，每次見到他我都儘量躲得遠遠的。有時候我想，說不定出事的那天夜裏，開車送黛西和蓋茨比去西卵的就是他。

我之所以每到星期六就在紐約度過，就是因爲過去每到星期六在蓋茨比家舉行的大型宴會至今仍讓我記憶猶新。我似乎還能聽到那裏美妙的音樂和人群的歡笑，還能看到那裏輝煌燦爛的燈火，還能看到一輛輛在他的家門口開來開去的豪華汽車。有一晚，我確實聽見那兒真停著一輛汽車，而且看見車燈的黃光照在門口臺階上。但是我並不想去弄個清楚。大概是最後一位客人，剛從遠方歸來，全然不知宴會早已散場，只剩下了一片冷清。

我最後面對那所房子。在那個晚上，一切有價值的東西都被運走——箱子已經備好，車子也賣給了雜貨店老闆。我最後看了一眼那座龐大而雜亂、象徵著徹底失敗的房子。有個淘氣的孩子在白色的大理石上留下了一個髒字兒，似乎是用磚頭刻的，它在月光的映照下分外刺目，我不得不花很長的時間用鞋底在石頭上使勁地擦，好不容易才把它抹掉了。後來我又踱到海邊，在沙灘上仰天躺下。

那些海濱大別墅現在大多已經關門停業了，除卻海灘上一艘渡船的微弱的、閃爍不定的燈光，四周黑沈沈的，幾乎不見一點燈火。那些不值一提的房屋在明月升起的時候慢慢消隱，取而代之的是當年使荷蘭的水手兩眼放光的這個古島——新世界的一片清新碧綠之地。

它那些被歲月掩埋了的樹木，那些被砍倒以便爲蓋茨比的別墅讓路的樹木，曾經一度迎風搖曳，低聲回應著人類最後也是最偉大的夢想。我相信，在那個瞬息即逝的美妙瞬間，這塊新大陸一定使面對它的人忘卻了呼吸，在歷史上最後一次面對著和他感到驚奇的能力相稱的奇觀，無意中墜入他毫不理解也不希求的一種純粹的欣賞，從而抵達那人跡稀少的美學的世界，留下空谷足音般的傳奇。

黛西的那盞綠燈在追憶往事的時候，忽然出現在我的眼前，現在我可以真切地感覺到蓋茨比第一次看見它時的激動。蓋茨比的夢在它走過了漫漫長路後，似乎已經唾手可得了，在這片藍色的草坪上，他覺得他的那個夢幾乎是不可能溜走的。但他不知那個夢早就棄他而去了，在這個無邊無際的城市裏四處漫遊，在一片混沌中不知所往。那時共和國的黑黝黝的田野在朦朧的夜色中不知疲倦地向前伸展，伸向夢裏的國度。

這盞綠燈在蓋茨比的夢裏是無限神聖的，它是他虔誠地信奉的一年年在我們眼前漸飄漸遠的可望不可及的完美世界。在逝去的日子裏，它從我們眼前消失，在另一個世界裏獨自逍遙，不過那沒關係——明天我們可以把胳膊伸得更遠一點，跑得更快一點……終有一天……

於是我們在時間的河流上繼續高舉划槳，頂風前進，被不斷地往後推，被推回過去的河灣之中。

①詹姆斯·J·希爾（James J.Hill，1838～1916）：美國鐵路大王。

②奧爾巴尼（Albany）：紐約州首府。

③艾爾·格列科（ElGreco，約1541～1641）：西班牙畫家，其作品多採用宗教題材，並愛用陰冷色調渲染超現實的氣氛。

經典新版世界名著：28

大亨小傳【全新譯校】

作者：〔美〕費茲傑羅
譯者：石建華
發行人：陳曉林
出版所：風雲時代出版股份有限公司
地址：10576台北市民生東路五段178號7樓之3
電話：(02) 2756-0949
傳真：(02) 2765-3799
執行主編：朱墨菲
美術設計：吳宗潔
行銷企劃：林安莉
業務總監：張瑋鳳

初版日期：2022年10月
ISBN：978-626-7153-33-8

風雲書網：http://www.eastbooks.com.tw
官方部落格：http://eastbooks.pixnet.net/blog
Facebook：http://www.facebook.com/h7560949
E-mail：h7560949@ms15.hinet.net
劃撥帳號：12043291
戶名：風雲時代出版股份有限公司

風雲發行所：33373桃園市龜山區公西村2鄰復興街304巷96號
電話：(03) 318-1378
傳真：(03) 318-1378
法律顧問：永然法律事務所 李永然律師
北辰著作權事務所 蕭雄淋律師

行政院新聞局局版台業字第3595號 營利事業統一編號22759935

定價：240元

國家圖書館出版品預行編目資料

大亨小傳 / 費茲傑羅(F.S.K.Fitzgerald)著；石建華譯. --
臺北市：風雲時代出版股份有限公司, 2022.08 面；
公分
譯自：The great Gatsby
ISBN 978-626-7153-33-8 (平裝)

874.57 111011385